WITCHES
HEXENGIRLS

Band 6

H. B. Gilmour & Randi Reisfeld

WITCHES
HEXENGIRLS

Band 6

Im Bann der Magie

Übersetzung aus dem Amerikanischen
von Karlheinz Dürr

Ravensburger Buchverlag

Die Schreibweise entspricht den Regeln
der neuen Rechtschreibung.

Dieses Werk wurde vermittelt durch die
Agentur Thomas Schlück GmbH, Garbsen.

1 2 3 05 04 03

Die Originalausgabe erschien
unter dem Titel »T*Witches – Double Jeopardy«
bei Scholastic Inc. New York

Umschlagillustration – Scholastic Inc.

Redaktion – Eva Issing

Printed in Germany

ISBN 3-473-34945-3

www.ravensburger.de

Kapitel 1

FAMILIENKRACH

Die Haustür fiel mit lautem Krachen ins Schloss. Dann gleich noch einmal – nur für den Fall, dass jemand im Haus nicht bemerkt haben sollte, welche Wut dahinter steckte.

„Ich bin noch nie so blamiert worden!", schrillte eine hohe Frauenstimme.

„Ich schnall gar nich', warum ihr so'n Terror macht!", verteidigte sich ein Junge mürrisch.

„Warum wir solchen Terror machen?", echote eine Männerstimme ungläubig. „Wer hat denn damit angefangen, andere zu terrorisieren? Sag bloß, du hast das schon vergessen?!"

Camryn Barnes hörte den wütenden Wortwechsel in ihrem Zimmer im Obergeschoss, wo sie gerade verzweifelt versuchte, sich auf ihre Lehrbücher für Geschichte zu konzentrieren. Mit mäßigem Erfolg. Schon bevor das wütende Stimmengewirr im Flur ausgebrochen war, hatte sie vor Sorgen und Angst kaum ein Wort lesen können.

Ihre Zwillingsschwester Alexandra Fielding lief schon seit einer halben Stunde im gemeinsamen Schlafzimmer ruhelos im Kreis. Kein Zweifel, dass auch sie mindestens genauso nahe daran war auszuflippen. Camryn betrachtete besorgt den flauschigen Teppich, auf dem sich schon eine kreisförmige

Spur abzeichnete. Auch Alexandra war viel zu aufgeregt, um sich mit ihren Hausaufgaben zu beschäftigen – wenn sie nicht unruhig durchs Zimmer lief, schickte sie serienweise SMS an ihre Clique in Montana, surfte ziellos im Internet oder griff plötzlich zur Gitarre, um sie zum x-ten Mal zu stimmen.

Doch das alles half nichts, um die Zwillinge von dem einzigen Gedanken abzulenken, der ihnen immer wieder durch den Kopf ging: die große Prüfung, die ihnen bevorstand. Selbst wenn sie es gewollt hätten – sie hätten an nichts anderes denken können. Nur ging es bei dieser Prüfung nicht um irgendeinen Test in Geschichte oder Chemie, sondern es ging um ihre Mutter – ihre Mutter Miranda, die kurz nach ihrer Geburt verschwunden war und die sie fünfzehn Jahre lang für tot gehalten hatten.

Es war später Freitagabend. Die Zwillinge warteten auf eine Nachricht von ihrer Mutter, auch wenn sie es voreinander nie zugegeben hätten. Das konnte ein Telefonanruf sein, eine E-Mail oder vielleicht ein telepathischer Tagtraum, der sich plötzlich in ihre Gedanken mischen würde. Schon seit Wochen warteten sie auf den versprochenen Kontakt. Und mit jedem Tag ohne Nachricht waren sie nervöser und gereizter geworden. Allmählich bildeten sie sich sogar ein, dass es nichts Wichtigeres in ihrem Leben gab als die erwartete Mitteilung.

Als die Haustür unten zuknallte, waren sie heftig zusammengezuckt – doch gleich darauf atmeten sie erleichtert auf, als ihnen klar wurde, dass sie jetzt vom Grübeln abgelenkt würden. Cam warf ihr Geschichtsbuch auf den Schreibtisch und Alexandra legte die Gitarre auf das Bett. Sie rasten die Treppe hinunter und stürmten ins Wohnzimmer, wo mittlerweile ein

lauter und im Haus der Familie Barnes ungewohnter Streit tobte, der völlig außer Kontrolle geraten war.
David und Emily Barnes, Camryns Adoptiveltern, redeten beide auf ihren Sohn ein. Dylan war vierzehn, ein Jahr jünger als Cam und Alex, aber er war nicht nur einen Kopf größer, sondern machte seit einiger Zeit auch sehr viel mehr Probleme.
„Was ist nur in dich gefahren?“, schrie Emily ihren Sohn an und auf ihrem Gesicht spiegelten sich Besorgnis und Wut. „Wenn ich dich jemals wieder dabei erwische, dass du rauchst oder mit Drogen herummachst …“
Dylan hatte sich lässig auf die Wohnzimmercouch geworfen und schien die Ruhe selbst zu sein. Er verdrehte seine stahlblauen Augen und fuhr sich mit der Hand durch die blonden Haarsträhnen, die unter seiner verkehrt herum aufgesetzten Baseballmütze hervorquollen. Seine Augen waren genau wie Emilys. „Ach, hör schon auf! Und wenn nicht? Würd dich das glücklich machen? Wär dann alles wieder in Butter?“
Alex verspürte plötzlich ein flaues Gefühl im Magen. Es ging hier wohl um etwas Ernstes, nicht um ein Paar ungewaschene Socken.
Dave zwirbelte seinen dichten Schnurrbart, dessen Enden sonst immer nach oben zuckten, wenn er lächelte, doch heute kam kein Lächeln über seine Lippen. Normalerweise war Dave fröhlich und gut gelaunt, aber jetzt war seine Stimmung offenbar im Keller. „Red nicht so mit deiner Mutter!“, brüllte er Dylan an. „Erkläre uns endlich, was los ist! Jetzt sofort!“
Dylan starrte genervt zur Decke. „Was soll schon los sein? Bin nur die Straße entlangspaziert. Hab niemandem was getan.“
„Ach, die Polizei hat dich also nur aufgegriffen, weil du spazieren gegangen bist?“, unterbrach ihn Emily sarkastisch.

„Spazieren gehen heißt bei dir Mülltonnen umstoßen und den Müll über die ganze Straße kicken?"
Dylan fingerte unbewusst an dem Goldring in seinem Ohrläppchen herum und murrte: „Musste über etwas nachdenken. Ich war ziemlich sauer."
„Um zwei Uhr nachmittags, während du eigentlich in der Schule sein solltest?", warf Dave ein. Jetzt kam bei ihm der Rechtsanwalt zum Vorschein. „Du hast also geschwänzt."
„Kannst mich ja verklagen", murmelte Dylan.
Cam wurde unbehaglich zu Mute. Dylan tat offenbar alles, um seinen Vater auf die Palme zu bringen. „Was ist eigentlich los?", fragte sie nervös.
Alex ließ sich neben Dylan auf die Couch fallen und berührte ihn leicht am Arm. „Alles okay?", flüsterte sie ihm zu.
Emily starrte die Zwillinge wütend an. Ihre Lippen waren zu einem schmalen Strich zusammengepresst. „Das geht nur euren Bruder und uns etwas an. Geht auf euer Zimmer. Zwei völlig gleiche silbergraue Augenpaare starrten sie verblüfft an.
„Aber Mom", begann Cam, „darf ich denn nicht …"
Dave brachte sie mit einer unwirschen Handbewegung zum Schweigen. „Nein, du darfst nicht", bellte er. „Auf euer Zimmer. Und zwar sofort!"

Sie gingen natürlich nicht in ihr Zimmer, sondern nur in die Küche. Irgendein unbestimmtes Gefühl befahl ihnen, in der Nähe zu bleiben – nicht nur, um die weitere Auseinandersetzung belauschen zu können, sondern auch, um Dylan notfalls von etwas abzuhalten, was er später bereuen würde. Denn die Zwillinge befürchteten, dass er in dieser trotzigen und angriffslustigen Stimmung bald völlig ausrasten würde.

Die Stimmen im Wohnzimmer wurden immer lauter und wütender. Hinter der verschlossenen Küchentür versuchten die Zwillinge, sich einen Reim auf dieses ganze Theater zu machen. Klar, in letzter Zeit hatte sich ihr Bruder jede Menge Regelverstöße geleistet, die man nicht mehr als dumme Streiche abtun konnte. So war er mehrfach zu spät nach Hause gekommen und hatte den Sportunterricht geschwänzt. Am Schlimmsten war jedoch, dass sich seine Noten im freien Fall befanden.

Dave und Emily hatten ihn immer wieder zur Rede gestellt, hatten die Show *Wir, die verständnisvollen Eltern* abgezogen und die alte Schnulze *Wir machen uns Sorgen um dich, sag uns doch, was los ist* angestimmt. Aber dieses Mal hatte sich offenbar auch die Polizei von Marble Bay eingeschaltet. Und schon legten seine Eltern eine neue Platte auf und von den verständnisvollen Eltern war nicht mehr viel zu merken. Im Gegenteil – im Match *Eltern gegen Sohn* hatte jetzt das Elfmeterschießen begonnen.

Emilys aufgeregte Stimme war bis in die Küche zu hören. Sie suchte bereits nach Sündenböcken. „Daran ist nur dieser Computer schuld! Du sitzt Tag und Nacht davor und vergeudest deine Zeit im Internet und mit chatten, statt dich auf deine Hausaufgaben zu konzentrieren!“, warf sie Dylan vor.

„Ich *vergeude* meine Zeit nicht“, wehrte sich Dylan. „Du denkst immer gleich schlecht über mich. Auf die Idee, dass ich etwas Wichtiges tun könnte, kommst du doch nie! Nein – ich bin doch nur der doofe Bruder von deinem Goldmädchen Cam und dem armen kleinen Waisenkind Alex. Für dich bin ich nur ein hirnloser Angeber mit Snowboard, dumm wie zehn Meter Feldweg, der nichts Besseres zu tun hat als im Internet zu surfen.“

Dylans Ton hatte sich völlig verändert. Er klang nicht mehr trotzig, sondern richtig verbittert. Cam und Alex schalteten auf höchste Alarmstufe: Dylan war kurz davor zu explodieren. Dann würde die Sache endgültig außer Kontrolle geraten.

Das war keine Einbildung, denn die Zwillinge verfügten über Fähigkeiten, die einen gesunden Menschenverstand und feine Instinkte weit übertrafen. Schon jetzt, mit fünfzehn Jahren, beherrschten Cam und Alex Dinge, die normale Erwachsene sich nicht einmal vorstellen konnten. Zum Beispiel konnten sie gegenseitig ihre Gedanken hören.

Alex hatte zudem ein extrem sensibles Gehör und konnte so Geräusche wahrnehmen, die ein normaler Mensch eigentlich nicht hören konnte. Schon oft war Alex diese Fähigkeit lästig geworden, wenn sie beispielsweise die Gedanken wildfremder Menschen hörte. Gerade jetzt verstand sie Dylans Gedanken aus dem Wohnzimmer klar und deutlich.

Cam wiederum konnte Dinge sehen und spüren, die ein normaler Mensch niemals wahrgenommen hätte – zum Beispiel konnte sie in die Zukunft blicken, in die nahe und ferne Zukunft. Im Augenblick sah sie die sehr nahe Zukunft: Ihr Bruder fasste gerade die äußerst kostbare, antike McCoy-Vase ins Auge …

Die hat Mum erst vorletzte Woche voller Stolz nach Hause gebracht – hervorragender Zustand und ein echtes Schnäppchen – 825 Dollar Preisnachlass!, schoss es Cam durch den Kopf.

Im gleichen Moment dachte Alex: *Er explodiert gleich, er wird doch nicht …*

… die McCoy-Vase an die Wand werfen wollen!, dachte Cam Alex' panischen Gedanken zu Ende.

Die Zwillinge rissen die Küchentür auf und rasten ins Wohnzimmer, um das Schlimmste zu verhindern. Dylan griff gerade nach der kostbaren senffarbenen Antiquität.

Halt ihn auf!, schickte Cam ihrer Schwester eine Gedanken-Mail.

Zu spät!, telepathierte Alex zurück.

Emily kreischte entsetzt auf: „Dylan, nein!"

Dave stürzte sich auf seinen Sohn.

Aber er war nicht schnell genug.

Wie in Zeitlupe sah Alex die Vase durch die Luft wirbeln. Emily und Dave hielten in ihren Bewegungen inne, ihre Gesichter verzerrt vor Schreck. Wie in Trance schloss Alex die Augen und konzentrierte sich mit aller Macht auf die Vase. Sie hatte es bereits einige Male geschafft, allein durch ihre Gedanken Dinge zu bewegen und zu steuern. Die Vase war nur noch ein paar Zentimeter von der Wand entfernt, wo sie zweifellos zersplittert wäre, doch plötzlich machte sie eine abrupte Wendung und flog auf Cam zu, die sie mit einer superschnellen Reflexbewegung auffing.

Das alles geschah in einer einzigen Nanosekunde – zu schnell, als dass Emily oder Dave hätten bemerken können, dass hier soeben etwas sehr Seltsames geschehen war.

Dylan war völlig verdutzt. Er hatte keinen blassen Schimmer, warum er es nicht geschafft hatte, eine nicht einmal drei Meter entfernte Wand zu treffen. Wütend auf sich selbst stürmte er aus dem Raum und die Treppe hinauf.

Kapitel 2

GESCHWISTERLIEBE

Cam blieb bei Emily und Dave, teilweise, um sie zu trösten, aber auch, weil sie sicher sein wollte, dass die Eltern nicht bemerkt hatten, dass die Zwillinge das antike Meisterwerk durch Zauberei gerettet hatten.

Alex rannte die Treppe hinauf, um sich um Dylan zu kümmern. Sie waren zwar nicht biologisch verwandt, aber der gut aussehende Junge mit seinen naturblonden Haaren wäre der Bruder gewesen, den sie sich ausgesucht hätte, wenn sie die Wahl gehabt hätte. Dylan war zwar mit Cam aufgewachsen, aber Alex fand, dass Dylan ihr selbst viel ähnlicher war.

Alex und Dylan liebten Musik, spielten – wenn auch nicht gerade meisterhaft – Gitarre und gerieten beide in Schwierigkeiten, wann immer sich eine Möglichkeit dazu bot. Aber als richtigen Übeltäter konnte Alex sich Dylan nun wirklich nicht vorstellen. Bester Beweis: Echte Schurken kamen immer durch, während Dylan regelmäßig erwischt wurde.

Und so polterte Alex hinter Dylan die Treppe hinauf. Ihre Schritte waren so laut, dass man fast meinen könnte, Alex hätte ihre geliebten, ausgelatschten Doc Martens an, die sie zu Hause jedoch nie trug. Sie klopfte an Dylans Tür, erhielt aber keine Antwort. Dylan hatte die Musik (oder den ohrenbetäu-

benden Lärm, den er für Musik hielt) so laut aufgedreht, dass er ihr Klopfen nicht hörte. Sie hämmerte höflichkeitshalber noch einmal mit der Faust gegen die Tür, dann trat sie ein.
Dylans Zimmer sah aus wie immer – eine Kreuzung zwischen einem Umkleideraum in einem Sportzentrum und einem Müllplatz. Eines seiner beiden Snowboards lag auf einem Kleiderberg auf dem Bett. Auf dem Nachttisch lag eine Tube Wachs und ein Stofflappen, mit dem er das Snowboard bearbeitet hatte. Seine Elektrogitarre lehnte am Schreibtisch, das Kabel verschwand in einem weiteren Wäschehaufen, unter dem sich wahrscheinlich der Verstärker befand. Alex stellte erfreut fest, dass auf dem Schreibtisch ein paar der Songs lagen, die sie bei ihrer letzten gemeinsamen Gitarre-Session getextet hatte. Und mitten in dem ganzen Chaos saß der böse Junge. Er hatte ihr den Rücken zugekehrt und hämmerte wie wild auf der Tastatur seines Computers herum.
Alex bahnte sich geschickt einen Weg durch das Durcheinander, das auf dem Boden herumlag, und schaltete den CD-Player aus. Dylan zuckte zusammen. Sie trat hinter ihn. „Was ist los?", fragte sie. „Alles in Ordnung?"
Dylan wirbelte auf dem Computerstuhl herum. „Klar doch, Mann", antwortete er, „alles im grünen Bereich. Absolut relaxed. Okay? Dann kannst du ja jetzt wieder … Ich hab zu tun …" Er nickte bedeutungsvoll Richtung Tür.
„Was machst du denn da?" Alex blickte über seine Schulter auf den Bildschirm und stellte fest, dass Dylan gerade am Chatten war. Sein Gesprächspartner hieß KC, soweit Alex das mit zusammengekniffenen Augen erkennen konnte. „Mal abgesehen davon, dass du das hier *nicht* machen solltest?"
„Was geht'n mit dir ab? Bist du jetzt zur anderen Seite übergelaufen, oder was?", murrte Dylan.

„Ja klar." Alex wischte Dylans Bemerkung mit einer müden Handbewegung beiseite. „Wer ist KC? Ist er es wert, dass du dir noch mehr Probleme auflädst, als du ja ohnehin schon hast?"
Dylans Gesicht wurde starr. „Spionier bloß nicht hinter mir her! Wem ich schreibe, geht dich überhaupt nichts an ..." Er brach ab, als ihm klar wurde, dass Alex ihm nur helfen wollte.
„Tu mir einen Gefallen", sagte er ein wenig gefasster, aber in drängendem Tonfall, „zisch ab. Ich hab wirklich noch zu tun."
Alex zuckte die Schultern. „Okay, wenn du es so willst. Aber falls du es dir anders überlegst ... Ich meine, falls du mich brauchst ..."
„Ich weiß", sagte Dylan.

Alex nahm die Abkürzung zu ihrem Zimmer, die durchs Bad führte. Das Bad verband Dylans Zimmer mit dem der Zwillinge. Als sie die Badezimmertür öffnete, blieb sie erstaunt stehen. Cam stand vor dem Spiegel und legte Make-up auf.
„Oh. Steigt 'ne Party? Gehst du aus?", fragte Alex.
„Ich nütze nur den Waffenstillstand", antwortete Cam, während sie noch etwas Lipgloss auflegte. „Ich gehe zur Pizzeria. Du übrigens auch. Mach dich fertig. Der Sechserpack feiert Beths Führerschein."
Alex war völlig verwirrt. „Hab ich da was nicht mitbekommen? Ich dachte, wir hätten vereinbart, dass wir warten, bis ..."
„Bis wann?", seufzte Cam. Sie wandte sich vom Spiegel ab und starrte ihre Schwester an.
Mein eigenes Spiegelbild, schoss es Alex durch den Kopf. Sie sahen beide wirklich völlig gleich aus. Bis auf ihre Frisuren

natürlich. Cams Haar war glänzend rotbraun – das Ergebnis von täglich zwanzig Minuten Shampoo-Conditioner-Föhn-Pflege. Alex dagegen begnügte sich damit, den Kopf morgens zwei Sekunden lang unter der Dusche heftig zu schütteln und ihren superblond gebleichten Kurzhaarschnitt mit den Fingern in Form zu bringen.

Ihre Frisuren waren nicht der einzige Unterschied – auch in ihren Einstellungen wichen sie oft voneinander ab. Sie dachten nicht immer dasselbe. Und gerade jetzt hätten sie verschiedener nicht sein können.

Alex folgte Cam in ihr gemeinsames Zimmer, wo Cam mit der schwierigen Entscheidung rang, was sie anziehen sollte. Sie entschied sich für ein himmelblaues Sweatshirt und enge schwarze Markenjeans.

Alex, die ein ausgeleiertes Sweatshirt und verwaschene Kaufhausjeans trug, ließ sich auf ihr Bett fallen, faltete die Hände hinter dem Kopf und starrte gedankenverloren die weiße Mondsichel an, die sich im Fenster zeigte. „Sie hat doch versprochen anzurufen."

„Sie hat versprochen, sich wieder zu *melden*", berichtigte Cam.

„Okay. Aber sie wollte das bald tun."

„Das ist jetzt einen Monat her, Alex." Cam zwängte sich in die Jeans. „Wir haben einen Monat lang auf sie gewartet. Sogar ein ganzes Jahr lang. Oder richtiger: unser ganzes Leben lang. Da wird sie wohl auch einen Abend lang auf *uns* warten können."

„*Wow!* Cami die Knallharte. Passt zu dir." Alex versuchte, die Sache auf die leichte Schulter zu nehmen. Es gelang ihr nicht. Denn diese Sache war einfach zu ernst, zu groß, zu wichtig. Natürlich ging es wieder einmal um ihre Mutter Miranda, die leibliche Mutter der Zwillinge. Eine Frau, die sie nie kennen gelernt, aber von der sie geträumt und die sie wie besessen verfolgt hatte und die ihnen seit fast einem Jahr nicht mehr aus dem Kopf gegangen war. Die Zwillinge hatten sie für tot gehalten, bis sie vor einem Jahr die erstaunliche Entdeckung gemacht hatten, dass sie noch lebte.

Miranda. Vor einem Monat hatte sie endlich angerufen. Ihre Stimme hatte sanft und lieb geklungen und offenbar konnte sie es kaum erwarten, ihre Töchter endlich wieder in die Arme zu schließen.

Nervös hatte sie geklungen, dachte Cam.

Aufgeregt hatte sie geklungen, dachte Alex, vor Freude!

Und sie hatte versprochen, die Zwillinge bald zu besuchen.

Aber aus dem *bald* war mittlerweile ein ganzer Monat geworden – und die Nerven der Schwestern lagen blank.

Der Familienkrach heute Abend hatte Cam aufgerüttelt. Sie hatte einfach die Geduld verloren. Sie liebte Dylan zwar, aber sie konnte nicht verstehen, warum er alles tat, um ihre Eltern dermaßen in Rage zu bringen. Vor allem Emily, die Cam wie ihre leibliche Mutter liebte. Hier zu Hause war im Moment so vieles nicht in Ordnung, dachte Cam. Die Miranda-Sache würde wohl noch warten können, jedenfalls für kurze Zeit. Glaubte Cam …

Alex' Beziehung zu Emily war nicht so eng – sie war nicht von ihr großgezogen worden. Denn Cam und Alex waren getrennt voneinander aufgewachsen – Alex in Montana, Cam hier in Marble Bay. Wenn Alex an ihr Zuhause dachte, dachte sie an Sara Fielding, die immer wie eine Mutter zu ihr gewesen war. Bis vor einem Jahr hatte keines der beiden Mädchen geahnt, dass es eine Zwillingsschwester hatte. Doch dann waren sie sich durch Zufall begegnet.

Sara und Ike Fielding, Alex' Adoptiveltern, lebten nicht mehr. Cam hatte wenigstens noch Dave und Emily Barnes, die sie adoptiert hatten, als sie noch ein Baby war. Und sie hatte Dylan als Bruder, der Daves und Emilys leiblicher Sohn war.

Alex schaute ihrer Schwester zu, die sich für den Abend in der Pizzeria kräftig aufbrezelte. So verschieden wir auch in vieler Hinsicht sein mögen, dachte sie, haben wir doch noch mehr gemeinsam als nur die Tatsache, dass wir beide Adoptivkinder sind.

Und dazu gehörte, dass beide schon früh bemerkt hatten, dass sie irgendwie anders waren als andere Kinder. Nur war ihnen nie klar geworden, dass sie *Hexen* waren.

Jetzt waren sie fünfzehn und Cams Adoptiveltern hatten auch für Alex die Vormundschaft übernommen. Und bei allen Ungewissheiten, die noch immer in ihrem Leben bestanden, war eines absolut sicher: Sie waren *fünfzehn*. Sie waren *Zwillinge*. Und *Hexen*.

Hexengirls.

Während Cam ihre langen Haare bürstete, hing Alex weiter ihren Gedanken nach. Mirandas langes Schweigen beunruhigte sie. Was war der Grund dafür? Vier Wochen, bald würden es fünf sein. So sehr sie das Treffen herbeisehnte – tief im Innern fürchtete sich Alex auch vor dem Tag, an dem sie ihrer Mutter begegnen würde.

Was wäre, wenn Miranda die Zwillinge nicht mochte? Oder wenn Miranda nur *sie*, Alex, nicht mochte? Im Gegensatz zu Cam war sie nicht bei allen auf Anhieb beliebt. Und sie hatte auch keine Ersatzfamilie, auf die sie sich verlassen konnte, wenn die Sache mit Miranda schief ging.

„Fielding! Hör schon auf.“ Cam hatte sich wieder einmal unerlaubt in Alex' Gedanken eingeloggt. „Du weißt, dass ich genauso scharf darauf bin, sie kennen zu lernen, und dass ich davor genauso viel Angst habe wie du. Ich sterbe fast vor Ungeduld. Aber …“

„Du *stirbst* fast? Passende Wortwahl, Barnes.“ Alex wandte den Blick von ihrer Schwester ab und trat ans Fenster. Der Mond stand immer noch am tiefschwarzen Nachthimmel.

Cam wusste natürlich, worauf Alex anspielte. Alex war nämlich überzeugt, dass ihr Onkel Lord Thantos, der große Hexenmeister und Milliardär, mit der Sache zu tun hatte. Thantos hatte schon bei Mirandas Verschwinden seine Finger im Spiel gehabt – und sicherlich auch, als sie so plötzlich und auf so seltsame Weise wieder in Erscheinung getreten war.

Thantos war ein brutaler und mächtiger Hexer. Angeblich hatte er seinen eigenen Bruder Aron, den Vater der Zwillinge, am Tag ihrer Geburt ermordet. Der Mord war auf der Insel Coventry geschehen, auf der seit langem eine große Gemeinschaft von Hexen und Hexern lebte. Und seit ihrer Geburt hatte Thantos die Zwillinge verfolgt.

Wenn Alex Recht hatte, dass der große Onkel T etwas mit dem überraschenden Anruf ihrer Mutter zu tun hatte, dann war *sterben* allerdings die passende Wortwahl.

Alex rümpfte die Nase. Was war das auf einmal für ein seltsamer Geruch? „Wie heißt bloß dein neues Deo?“, fragte sie angewidert. „Etwa *Displeasure*?“

Doch auch Cam hatte den eigenartigen Geruch bemerkt. Plötzlich traten Schweißperlen auf ihre Stirn. Sie ließ sich auf den Rand von Alex’ Bett sinken und zog ihre Jacke aus. „Viel zu warm hier drin.“

„Es wird gleich richtig heiß“, dröhnte eine tiefe Stimme.

Alex und Cam wirbelten herum. Und erstarrten vor Schreck.

Auf Cams Schreibtischstuhl saß eine riesige Gestalt in schwarzem Umhang, die Füße mit den schweren Stiefeln hatte sie auf den Schreibtisch gelegt. Der Mann wandte ihnen den Rücken zu, aber sie brauchten sein Gesicht nicht zu sehen, um zu wissen, wer da vor ihnen saß.

Lord Thantos war gekommen.

Kapitel 3

DER BESUCHER

Sie waren ihm früher schon begegnet – bei einer verlassenen, an einer einsamen Straße im Wald gelegenen Tankstelle. Sie hatten es mehr gespürt als gewusst, dass er sie im Freizeitpark in Montana beobachtete. Und er hatte versucht, sie in einem düsteren, verfallenen Industriegebiet in seine Falle zu locken. Aber dieses Mal war es schlimmer. Viel schlimmer.

Dieses Mal war ihr mörderischer Onkel in den einzigen Ort eingedrungen, den sie immer für absolut sicher gehalten hatten: Die schützenden Mauern ihrer Familie, ihres Zuhauses fielen wie ein Kartenhaus zusammen, als hätte ihnen Thantos mit seinen schweren Nietenstiefeln einen brutalen Tritt verpasst.

Alex und Cam fassten sich bei der Hand. Die Berührung wirkte, als sei ein Stromkreis geschlossen worden. Wilde Furcht und Panik pulsierten zwischen ihnen.

„Ich weiß, ihr habt es eilig." Der mächtige Hexer drehte sich langsam und lässig zu ihnen um. „Ich will euch auch gar nicht lange aufhalten." Er ließ seine Füße in den schwarzen Stiefeln mit einem lauten, dröhnenden Geräusch vom Schreibtisch auf den Boden fallen, und obwohl der Teppich den Stoß dämpfte, war er dennoch so laut, dass Dave und Emily im

Wohnzimmer hätten aufschrecken müssen. Aber von unten war nichts zu hören.
Cam spürte plötzlich einen leichten Schwindel im Kopf. Ganz anders Alex: Sie fühlte, wie ein Adrenalinschub durch ihren Körper ging.
„Was habt Ihr hier zu suchen?!", schrie sie aufgebracht und für einen Augenblick vergaß sie völlig, wen sie da anschrie – nämlich einen der mächtigsten ...
... *und gefährlichsten* ..., erinnerte Cam still ihre Schwester.
... Hexer der Welt: Lord Thantos, einen Hexer, dessen Macht so groß war, dass ihm nur Lord Karsh gewachsen war, der alte Freund der Zwillinge – allerdings ein Lord Karsh in seinen besten Jahren, und das war schon lange her.
Aber Karsh und Thantos unterschieden sich nicht nur im Alter. Karsh, der weise und sanftmütige Hexer, hatte die Zwillinge ihr ganzes Leben lang beschützt und für sie gesorgt. Er hatte für die beiden Mädchen Adoptiveltern ausgewählt und Ileana, die dickköpfige, aber sehr pflichtbewusste junge Hexe, zu ihrem Vormund bestimmt. Onkel Thantos dagegen hatte immer nur versucht, die Zwillinge in seine Fallen zu locken.
Thantos betrachtete Cam und Alex aufmerksam, wobei er sich nachdenklich über den schwarzen Vollbart strich. Auf seiner Stirn standen tiefe Falten.
Trotz ihres wütenden Aufschreis zitterte Alex. Cam hielt die Augen niedergeschlagen, denn sie hatte sich daran erinnert, wie ihr schon einmal unter Thantos' Blick schwindlig geworden war. Damals hatte sie sich geschworen, ihn nie mehr direkt anzublicken.
Jetzt schüttelte Thantos den Kopf. „Erstaunlich", murmelte er vor sich hin und seufzte fast melancholisch. „Wisst ihr eigentlich, wie sehr ihr eurem Vater ähnlich seid?"

Dem Vater, den du ermordet hast!, dachte Cam, wagte aber nicht, es laut zu sagen.
Natürlich konnte Thantos trotzdem ihre Gedanken hören.
„Ich sehe, dass ihr beide nicht auf dem neuesten Stand der Dinge seid“, sagte Thantos spöttisch und seine Stimme hallte wie Donner durch den Raum. „Ich bin vollkommen rehabilitiert. Von allen Punkten der Anklage freigesprochen.“ Er stand abrupt auf und begann, im Zimmer auf- und abzugehen. „Ach du großer Diabolus!“, rief er sarkastisch mit einer künstlich aufgesetzten Fistelstimme. „Haben euch Karsh und Ileana im Dunkeln gelassen? Haben sie euch nicht von den Ereignissen erzählt, die sich letzte Woche auf Coventry zugetragen haben? Den *historischen* Ereignissen? Fragt doch mal eure Beschützer. Sie werden es euch sicherlich bestätigen können: *Ich bin nicht schuld an Ar-ons Tod!* Alles, was ich mir zu Schulden kommen ließ, war, dass ich eurer Mutter geholfen habe zu überleben …“
„Wir wissen, was Ihr mit ihr gemacht habt!“, platzte Alex heraus.
„Ihr habt sie in einer … einer Klinik wegsperren lassen!“, rief Cam anklagend.
Erst hatten sie Miranda für tot gehalten. Doch eines Tages begannen sie daran zu zweifeln. Vielleicht war sie ja noch am Leben? Eine verzweifelte Suche begann. Nach einer Serie absolut bizarrer Ereignisse hatten sie vor ein paar Wochen entdeckt, dass Miranda versteckt in einer Klinik lebte – in derselben Klinik, in der Cams Freundin Brianna wegen ihrer Magersucht behandelt wurde.
In ihren E-Mails aus der Klinik hatte Bree Cam von einer anderen Patientin berichtet, die sich um sie kümmerte – eine schöne Frau, die ihr kastanienbraunes Haar in einem langen,

dicht geflochtenen Zopf trug, deren Augen dieselbe eigenartige silbergraue Farbe wie die der Zwillinge hatte und die ein Amulett trug, das wie die Amulette aussah, die Cam und Alex um den Hals trugen und die ihr Vater Aron hergestellt hatte. Wer konnte das anderes sein als ihre Mutter? Und dann hatte ihre Mutter eines Tages angerufen und hatte versprochen, die Zwillinge bald zu besuchen.

Thantos blieb plötzlich stehen und drehte sich abrupt zu ihnen um. „Ich habe immer nur getan, was für eure Mutter das Beste war."

„Ihr habt sie gefangen gehalten!", beharrte Cam.

„Aber wir haben sie trotzdem gefunden!", prahlte Alex.

„Nicht ohne meine Hilfe!" Jetzt prahlte auch Thantos. „Was glaubt ihr denn, wer die Klinik ausgesucht hat, in die das junge Ding, diese Brianna, eingeliefert wurde? Und wo sie dann – natürlich rein zufällig! – eine wunderbare einsame Frau kennen lernte, die ein Amulett trug, das genauso aussah wie eure Amulette? Ziemlich starker Zufall, nicht wahr?"

Cam und Alex blickten sich geschockt an. „Nein …", protestierte Cam schwach und ohne rechte Überzeugung.

„Glaub ihm kein Wort", riet Alex ihrer Schwester. „Er lügt, wenn er nur den Mund aufmacht." Sie richtete den Finger herausfordernd auf ihren Onkel. „Das hättet Ihr gar nicht arrangieren können. So mächtig seid Ihr nämlich nicht!"

Thantos sah auf einmal frustriert und müde aus. „Was wisst ihr schon, ihr törichten kleinen Hexchen!" Er machte eine lässige Handbewegung und seine beiden Nichten wurden durch einen plötzlichen Stoß auf Cams Bett geschleudert. „Setzt euch doch erst mal und hört mir zu."

Sie setzten sich auf, die Augen angstvoll aufgerissen. Ihre Herzen rasten vor Wut und Schrecken.

Der riesige Hexer zog einen Lederbeutel unter seinem Überhang hervor und nahm ein paar Dinge heraus. Cam sah in seiner Hand einen Rosenquarz glimmen und Alex roch Minze und den feinen Duft der heilenden Kamille.
„Ist das alles, was euch Karsh und Ileana beigebracht haben?", fragte Thantos verächtlich. Er öffnete seine große Hand. „Was ist mit Mondstein, Achatgeoden und Eisenpyrit? Und diese Wurzel hier – habt ihr nicht gelernt, was man mit der Alaunwurzel bewirken kann? Habt ihr noch nie gehört, wie man die Kräfte von Baldrian freisetzt, den man auch Hexenkraut nennt?"
Auf Cams Nachttisch stand eine Duftkerze, die sie von ihrer Freundin Amanda geschenkt bekommen hatte. „Zünde sie an!", befahl Thantos. Cams Augen wurden weit und fokussierten den Kerzendocht. Die Hitze, die in ihr aufwallte, war ihr längst vertraut. Ihre Augen brannten und ihr Blick wurde immer schärfer, bis der Docht plötzlich wie ein Streichholz aufblitzte und zu brennen begann. Cams Augen schwammen in Tränen.
Alex beobachtete den Hexer wie hypnotisiert, als er ein Stückchen von der Alraunwurzel und ein wenig Baldrian in die Kerzenflamme warf.
„Was seht ihr jetzt?", fragte er und seine Stimme klang plötzlich so weich und dunkel wie sein Samtumhang.
Sie starrten in die flackernde Flamme – Cam, die oft Visionen hatte, und Alex, die noch nie eine Vision erlebt hatte. Und sie sahen – *Dylan!*
Einen hilflosen, völlig verängstigten Dylan, gefangenen in einem dunklen Eisenbehälter. Er stolperte hilflos über leere Kartons, Verpackungsmaterial, Styropor, Abfälle, Müll. Ein dreckiger, verschmierter Container. Dylan versuchte verzwei-

felt, die von schleimig öligen Abfällen verschmierten Seitenwände hinaufzuklettern. Plötzlich wurde der Container von einem ohrenbetäubenden Metallgeräusch erschüttert. Dylan wurde gegen eine Containerwand geschleudert und blieb für einige Sekunden auf den stinkenden Abfällen liegen. Als er aufblickte – und Cam und Alex sahen durch seine Augen –, gähnte über dem oben offenen Container ein riesiges Maul, dessen gewaltiger Kiefer mit Reihen scharfer Stahlzähne bestückt war.

Der Lärm der Motoren wurde immer lauter und Alex musste die Hände auf die Ohren pressen. Mit einem metallischen Rattern und Röhren öffnete sich das Stahlmaul und senkte sich in den Container, in dem Dylan gefangen war.

Cam begriff in Sekundenschnelle: Dylan befand sich in einem Müllcontainer. Der Motorenlärm kam von einem großen Müllwagen, der rückwärts an den Container setzte und im Begriff war, mit seiner riesigen Stahlklaue den Müll – und Dylan – aus dem Container zu holen.

„Nein!", schrie Cam. „Stopp!"

Die Kerzenflamme zischte plötzlich und erlosch

Thantos lächelte die Zwillinge boshaft an. „War nur mal so eine Idee von mir."

Cam hatte solche „Ideen" schon öfter erlebt, aber sie wusste auch, dass es nicht nur wirre Gedanken, sondern Vorahnungen waren von Ereignissen, die später tatsächlich eintrafen.

„Nein", flüsterte Alex ihr zu. „Keine Angst. Dylan ist nicht in dem grauenhaften Container gefangen. Er ist in Sicherheit. Er ist in seinem Zimmer. Ich hab ihn dort erst vor ein paar Minuten gesehen."

„Du hast Recht", sagte Onkel Thantos mit künstlichem Lächeln. „Wie gesagt, es war ja nur eine kleine Übung … oder eine Vorführung. Aber manchmal ereignen sich wirklich schreckliche Unfälle …"

„Was wollt Ihr von uns?", wollte Alex wissen. „Warum seid Ihr überhaupt gekommen?"

„Nur um euch zu helfen", antwortete Thantos und seine Stimme klang überraschend milde und aufrichtig, obwohl das nicht zu ihm passte und die Zwillinge auch keine Sekunde lang glaubten, dass er es ernst meinte. „Ich will euch und Miranda helfen. Ich weiß, wie sehr ihr auf ihren Besuch wartet, dass ihr endlich eure leibliche Mutter kennen lernen wollt, denn sie gehört zu euch. Ich weiß auch, dass ihr auf ihren nächsten Anruf wartet. Aber sie kann nicht und wird nicht anrufen. Sie wird weder anrufen noch hierher kommen, wenn ich sie nicht selbst herbringe."

„Wann?", fragte Cam knapp.

„Es sind jetzt fünfzehn Jahre vergangen", sagte Alex leise. „Wie lange wollt Ihr sie eigentlich noch gefangen halten, irgendwo versteckt …"

„Du willst wissen", unterbrach Thantos, „wie lange ihr noch warten müsst? Nun, nicht mehr lange." Er lächelte höhnisch. „Aber doch ein wenig länger, als eure Freunde in der Pizzeria jetzt schon auf euch warten …"

„Verdammt!", stöhnte Cam auf, als sei sie soeben von einem Albtraum aufgewacht. „Wir sollten doch schon längst in der Pizz…"

Alex funkelte sie wütend an. „Wie kannst du in einem solchen Augenblick an die Pizzeria denken? Willst du deine Mutter nicht kennen lernen?"

„Natürlich!", versuchte Cam sie zu beruhigen. „Das wünsche ich mir mehr als alles andere auf der Welt."

Sie hörten ein leises, heiseres Lachen und drehten sich schnell zu Thantos um. Doch wo soeben noch der gewaltige Hexer gestanden hatte, kräuselte sich jetzt nur noch eine dünne, schwarze Rauchsäule. Wie aus der Ferne hörten sie seine hohle Stimme: „Meine Mutter Leila, eure Großmutter, sagte immer: ‚Überlege gut, was du dir wünschst!'"

Kapitel 4

MACHTLOS

Überlege gut, was du dir wünschst …

Ileana saß im kühlen Sand und blickte auf den dunklen Ozean hinaus. Auf ihrem widerspenstigen Haar und ihrem ernsten Gesicht glitzerte der Meeresdunst, der vom Abendwind ans Ufer getrieben wurde, wie kostbare Perlen. Ihr Blick war wehmütig und unbestimmt in die Dämmerung gerichtet. Doch ihre Gedanken kreisten um Leilas Worte, die ihr nicht mehr aus dem Sinn gingen. Sie hallten in ihrem Kopf wie nervige Spottgesänge von Kindern.

La-la-la-la-la-la, überleg dir gut, was du dir wünschst!

Ileana hatte immer bekommen, was sie sich gewünscht hatte. Ohne Ausnahme. Es war so etwas wie das Markenzeichen ihrer Persönlichkeit gewesen. Sie war eigenwillig und aufbrausend, aber auch hochintelligent und wunderschön … und sie war eine eitle junge Hexe, die nicht daran gewöhnt war, auf irgendetwas verzichten zu müssen.

Ja, sie war immer stolz darauf gewesen, dass sie alles zu Stande brachte, was sie sich vorgenommen oder gewünscht hatte.

Hatte sie sich nicht Wahrheit und Gerechtigkeit gewünscht? Nun, auch das hatte sie erreicht. Nur hatte sie sich damit auch dieses einsame düstere Exil eingehandelt.

Der Schuss war nach hinten losgegangen. Kein Zweifel! Dieses Mal musste sie büßen.

Wahrheit? Klar doch: Eine Ungerechtigkeit war nach so langer Zeit aus der Welt geschafft worden. Ein Mörder war endlich entdeckt und bestraft worden.

Und der Zweifel, der wie eine graue Wolke fünfzehn Jahre lang das Leben auf Coventry Island verdunkelt hatte, war endlich verschwunden.

Ganz allein hatte Ileana etwas vollbracht, was niemand sonst geschafft hatte. Nur war sie irgendwo auf dem langen Pfad zur Gerechtigkeit selbst beraubt worden. Zweifellos rieben sich jetzt ein paar Leute vor Schadenfreude die Hände: Endlich hatte Ileana die Quittung bekommen.

Die Quittung für ihren Hochmut, ihren Egoismus. Die Hexe war mitsamt ihrem Überlegenheitskomplex von ihrem hohen Ross gestürzt. Welche Blamage! In ihrem jetzigen Zustand würde niemand mehr die arrogante, aufbrausende Hexe erkennen, die sie einmal gewesen war – weder ihre zahlreichen Feinde noch all die Leute, die vorgaben, ihre Freunde zu sein.

Ileana war leichenblass, obwohl sie sich hier in einem Tropenparadies befand. Doch sie verließ ihren Strandbungalow nur nachts. Ihre grauen Augen, die normalerweise vor Lebhaftigkeit sprühten, waren trüb geworden und das üppige hellblonde Haar hing matt und strähnig um ihren Kopf. Spielte es denn noch eine Rolle, ob jemand sie erkennen würde? Sie erkannte sich ja selbst kaum wieder.

Gedächtnisverlust? Das wäre eine hübsche und einfache Lösung. Aber Ileana schüttelte wie im Selbstgespräch den Kopf. Ihr Problem war, dass sie sich *viel zu gut* erinnern konnte. An jede Einzelheit.

Wie ihr von Leila prophezeit worden war, hatte sich alles, was sich Ileana gewünscht hatte – und wovon sie leidenschaftlich überzeugt gewesen war –, in böser Weise gegen sie gewendet. Es war wie ein Verrat gewesen – wie der Verrat so vieler angeblicher Freunde, denen sie vertraut hatte.
Sie hatte sich für eine Waise gehalten, die das Glück gehabt hatte, von Lord Karsh aufgenommen und großgezogen worden zu sein, von dem guten und mächtigen alten Hexer, der ihr alles über die Zauberkunst und über das Leben beigebracht hatte. Nur eines hatte er ihr nie gesagt: den Namen ihres Vaters.
Jetzt wusste sie ihn.
Sie hatte nach einem Freund gesucht, der gleich dachte und gleich fühlte wie sie, und hatte geglaubt, ihn in Brice Stanley endlich gefunden zu haben, einem weltbekannten Filmstar und heimlichen Hexer. Ileana war überzeugt gewesen, dass Brice sie liebte.
Aber Brice hatte als Zeuge vor dem Großen Einheitsrat von Coventry Island zu Gunsten von Thantos DuBaer ausgesagt – er war also ein Höfling von Ileanas bitterstem Feind.
Denn Ileana war felsenfest – im tiefsten Innern und mit jeder Faser ihres Körpers – überzeugt gewesen, dass Thantos DuBaer ein Mörder war, dass er bösartig und hinterlistig den Vater der Zwillinge – und möglicherweise gleich auch noch deren Mutter – umgebracht hatte. Und dass er jahrelang versucht hatte, Ileanas Schützlinge Camryn und Alexandra in seine Gewalt zu bekommen.
Ileana hatte sich so leidenschaftlich dafür eingesetzt, Thantos zu entlarven, ihn der verdienten Gerechtigkeit zu übergeben, dass sie das beinahe Unmögliche vollbracht hatte. Sie hatte den ruhelosen Geist Leilas angerufen, den Geist der verstor-

benen Matriarchin des DuBaer-Clans, Mutter des Hexers Thantos, des missratenen, unglückseligen Fredo und des ermordeten Aron. Denn wenn es jemanden gab, der die Wahrheit über den Mord an Aron kannte, dann war es einzig und allein Leila.
Ileana hatte sich gewünscht, dass Leila endlich die Antwort auf die Frage nach dem Mörder des guten Lord Aron geben würde. Und auch dieser Wunsch war ihr erfüllt worden. Leila hatte den Mörder genannt – aber sie hatte nicht Thantos, sondern Fredo beschuldigt, seinen Bruder ermordet zu haben. Damit hatte sie nicht nur Ileana bewiesen, dass sie sich geirrt hatte, sondern auch das Ungeheuer Thantos zu einem Helden gemacht, der all die Jahre übel verleumdet worden war.
Und Fredo, diese verachtenswerte, grausame Kreatur, die über keinerlei Gespür für gut und böse, richtig und falsch verfügte, hatte schließlich die endgültige furchtbare Wahrheit hinausgebrüllt: Der Hexer Thantos, den Ileana ihr ganzes Leben lang zutiefst verachtet und gehasst hatte, den sie seit Jahren hinter Schloss und Riegel hatte bringen wollen – dieser Thantos war ihr Vater.
Träge Wellen leckten an Ileanas Sandalen. Niedergeschlagen ließ sie den Sand durch ihre Finger rieseln. Die Nachtluft kühlte schnell ab und die Flut kam. Sie sollte eigentlich aufstehen. Aber warum, wofür?
Wie als Antwort klang Gelächter über den Strand. Wenn es etwas gab, das sie jetzt gerade nicht hören wollte, dann war es das fröhliche Lachen junger Menschen – laut, aufgeregt und sorglos.
Ileana seufzte tief und zwang sich aufzustehen. Sie starrte auf den Ozean hinaus. An dieser Stelle hatte sie in den letzten Nächten immer wieder gestanden, war am Strand hin und her

gegangen. Der Wellenschaum netzte den Saum ihres türkisfarbenen Kaftans, und sie bemerkte ein Stück Treibholz, das in den Wellen auf und nieder tanzte. Ein Holzstück: Richtungslos, ungebunden trieb es im Wasser, und wurde nach der Laune der Natur mal in diese, mal in jene Richtung geworfen. Was für eine perfekte Metapher!, dachte Ileana. Das Treibholz war wie ein Symbol ihrer eigenen Existenz.

Das Gelächter der Strandfete wurde lauter und übermütiger. Ileana hätte es gern ignoriert, aber das war nicht mehr möglich. Denn mit dem Lärm, der vom Wind herangetragen wurde, stellte sich plötzlich das Gefühl einer unmittelbar drohenden Gefahr ein. Die junge Hexe vergaß darüber sogar ihr Selbstmitleid; sie drehte sich um und versuchte, mit ihrem übernatürlichen telezoomartigen Blick zu erkennen, was sich hundertfünfzig oder zweihundert Meter entfernt am Strand abspielte. Sie kniff ihre Augen zusammen. Doch was war das? War ihr etwa Sand in die Augen geraten? Hatte ihr Sehvermögen darunter gelitten, dass sie so lange auf das Meer hinausgestarrt hatte? Sie konnte zwar einen orangerot flackernden Lichtschein erkennen, aber keine Einzelheiten.

Einen Augenblick lang erfasste sie völlige Gleichgültigkeit. Was machte das schon? Es war doch alles egal.

Aber ihr Unterbewusstsein ließ sich nicht abschalten, genauso wenig wie ihr Gespür für Gefahren, ihr Pflichtgefühl, das sich immer meldete, wenn junge Menschen in Gefahr waren. Immer intensiver und deutlicher witterte sie die Gefahr. Trotz allem Selbstmitleid fühlte sich Ileana zu der unbekannten Bedrohung hingezogen. Sie versuchte, mit Hilfe ihrer magischen Kräfte zu der Stelle zu fliegen, einen Luftstrom zu erwischen, der sie zu dem Unglücksort tragen konnte. Aber ihre Füße steckten noch immer unbeweglich im nassen Sand.

Sie riss sich zusammen und ging rasch den Strand entlang. Allmählich erkannte sie, dass das Gelächter von einer Gruppe Jugendlicher, ja fast noch Kinder, kam. Einige saßen auf Decken um das hoch auflodernde Lagerfeuer, andere bewarfen sich mit Sand oder jagten einander nach.

Als sie nur noch ein paar Meter vom Lichtkreis entfernt war, kam plötzlich Wind auf. Die Flammen des Lagerfeuers flackerten hoch auf. Ein zischender und knisternder Funkenregen wirbelte durch die Luft und landete auf einigen Wolldecken, die viel zu nahe am Feuer lagen. Lachend stampften ein paar Kinder auf den Funken herum, die aus dem Feuer herausgeschleudert worden waren, und löschten die Flammen, die schon die Decken in Brand gesetzt hatten.

Aber zwei Jugendliche saßen auf einem alten Bettüberwurf mit dem Rücken zum Feuer – ohne zu bemerken, dass die Flammen auch ihre Decke erfasst hatten.

Ileana rief den beiden eine Warnung zu, aber sie hörten sie nicht. Sie schickte ihnen einen telepathischen Befehl, sofort aufzustehen und sich von der brennenden Decke zu entfernen. Aber offenbar kam auch diese Mitteilung nicht an.

Endlich war Ileana nahe genug herangekommen, um das Paar warnen zu können. Sie legte die Hände wie einen Schalltrichter an den Mund und schrie: „Eure Decke brennt!“

Die beiden Jugendlichen sprangen entsetzt auf und brachten sich in Sicherheit. Ileana fokussierte ihren Blick auf die jetzt lichterloh brennende Decke. Telekinese, die Fähigkeit, Gegenstände durch geistige Konzentration und übersinnliche Kräfte zu bewegen, gehörte für Ileana normalerweise zum Alltagsgeschäft. Sie brauchte sich nur vorzustellen, wie die brennende Decke vom Sand abhob, durch die Luft segelte und dann zischend in den Ozean stürzte …

Ileana wollte sich schon, zufrieden mit ihrer Rettungstat, abwenden und zum Hotel zurückgehen, als sie vor Entsetzen erstarrte: Die Wolldecke hatte sich nicht einmal bewegt. Und sie brannte immer noch lichterloh.

Doch es kam noch schlimmer: Rasend schnell breitete sich das Feuer überall aus. Glühende Funken hatten sich in der Kleidung mehrerer Kinder verfangen. Aus der Khakihose eines Jungen kräuselte Rauch; in ein paar Sekunden würde seine Hose brennen. Und die Flammen würden sich immer weiter ausbreiten. Sechs Jugendliche, die alle ungefähr in Cams und Alex' Alter waren, würden furchtbare Verbrennungen erleiden.

Ileana sprach schnell einen Zauberspruch. Doch die Wörter klangen hohl und bedeutungslos, und die Kräuter in ihrem Lederbeutel waren trocken wie Staub. Urplötzlich merkte Ileana, was mit ihr geschehen war. Sie stöhnte entsetzt auf.

Wie in blitzlichtartigen Erinnerungsbruchstücken sah sie sich als Kind, ungefähr im selben Alter wie diese unbekümmerten Jugendlichen am Strand und nur ein Jahr jünger, als Cam und Alex jetzt waren. Und sie erinnerte sich an Miranda, die Mutter der Zwillinge, die ihren Mann verloren hatte und so sehr von ihrer Trauer verzehrt wurde, dass alle ihre magischen Kräfte schlagartig gelähmt wurden.

War ihr nun das Gleiche widerfahren? Hatten die furchtbaren Wahrheiten, die sie in den letzten Tagen erfahren hatte, ihren Geist und ihre Zauberkraft gebrochen, vernichtet, zerstört?

Panische Schreie gellten durch die Nacht, während sich das Feuer mit schrecklicher, todbringender Schnelligkeit ausbreitete. Ein Mädchen schlug wild auf ihr Kleid ein und versuchte, die Flammen zu löschen, die an ihr hochzüngelten. Aber es gelang ihr nicht.

Ileana versuchte es noch einmal – Telekinese, Zaubersprüche, Telepathie, Levitation. Nichts. In dieser furchtbaren, lebensgefährlichen Situation war sie absolut hilflos. Sie konnte das Eine nicht tun, was zur wichtigsten Aufgabe und Pflicht jeder Hexe zählte, unter allen Umständen und zu jeder Zeit: Sie konnte Menschen in Not nicht mehr helfen.

Das Mädchen schrie in Todesangst.

„In den Sand!", rief Ileana ihr zu. „Roll dich im Sand! Und dann ins Wasser! Schnell!"

Ileana verließ sich nicht mehr darauf, dass ihre Stimme lauter sein würde als der Lärm der Wellen und die panischen Schreie der Kinder. Sie rannte von einem Kind zum nächsten, stieß sie in den Sand oder trieb sie zum Meer.

Und während sie schrien, kreischten, sich im Sand rollten oder panisch in den Wellen herumspritzten, während sie bereits wieder in hysterisches Gelächter ausbrachen und die Beinahe-Katastrophe in ihren Köpfen schon fast wieder zu einem aufregenden Abenteuer wurde, stand Ileana wie versteinert in der Nähe des Feuers und starrte in die Flammen.

Ihre Zauberkraft, ihre übernatürlichen Gaben – alles, was sie zu einer viel beneideten, von allen umworbenen Hexe gemacht hatte: Alles, alles war verloren.

Kapitel 5

EINE VORAHNUNG

Karsh hielt den Besenstiel mit beiden Händen gepackt. Alle Muskeln seines langen spindeldürren Körpers waren gespannt. Er strotzte vor Zuversicht und Energie. Wie ein Golfprofi schwang er den Besen über den Boden. Ssssch! Spinnweben zerfetzten und Staubflocken wirbelten davon, wie Mäuse auf der Flucht vor der Katze. Und war er denn nicht tatsächlich selbst eine Katze?, fragte er sich zufrieden, während er erneut den Besen in weitem Bogen über den Boden sausen ließ. Wie nannten das die jungen Leute heutzutage? Cool? Hip? So ähnlich würden ihn wohl Camryn und Alex nennen! Er grinste breit.

Der Prozess vor dem Großen Einheitsrat der Insel Coventry hatte auf ihn wie eine Verjüngungspille gewirkt – extrastark. Karsh hatte vor dem Rat die Bevölkerung von Coventry Island vertreten, und seither fühlte er sich um Jahre jünger, spürte neue Kraft in seinem alten Körper und war auch gesundheitlich absolut in Topform. Er hielt inne und ließ den Blick prüfend durch das Wohnzimmer gleiten, das Prunkstück seines heimelig eingerichteten Cottages auf der Insel. Die gründliche Reinigung war wirklich nötig gewesen. Karsh ließ seine Bizepsmuskeln spielen. Er musste sich selbst zugestehen, dass er den Besen meisterhaft geschwungen hatte – *hexenmeisterhaft!* Eigentlich gab es nichts, was er nicht meisterhaft bewältigen konnte!

Er musterte den Boden kritisch. Das Parkett glänzte, und zufällig sah er sein eigenes Spiegelbild darin. Er lachte laut los. Die Reflexion zeigte so ziemlich das Gegenteil seiner unbesiegbaren, jugendhaften Stimmung. Es zeigte nichts als einen uralten verknöcherten Greis mit spärlichem weißem Haar. Die Haut war runzelig, dünn, durchscheinend und gelblich wie Pergament, und die Augen, die früher einmal blau geleuchtet hatten, lagen tief in den Höhlen und waren mit dem Alter trüb geworden. Nun ja, vielleicht gab es auch dafür eine befriedigende Erklärung? Wie hieß das Sprichwort noch? *Der Bucheinband verrät nicht, was drinsteht.* Oder so ähnlich. Vielleicht nicht ganz passend. Wie wär's mit *Neuer Wein im alten Schlauch?* Nein – dann schon eher *Alter Wein im alten Schlauch.*

Er fasste das Buchregal ins Auge, das sich über eine ganze Wand erstreckte, voll gestopft mit hunderten von Büchern. Die brüchigen Rücken der Ledereinbände trugen Titel wie *Das Große Handbuch der Zauberkunst* (verfasst von Lord Alunds, 1642), *Die Kräuter von Coventry Island* (anonymer Verfasser, 1768), *Vergebung oder Rache – Die Wiedergutmachung von Unrecht, Zaubersprüche und ihre Anwendungsmöglichkeiten …*

Die prächtigen ledergebundenen Bücher konnten nur Uneingeweihte täuschen. Jeder, der der Gemeinschaft von Hexen und Hexern angehörte, würde sofort bemerken, dass die Bände mit Zaubersprüchen gefüllt waren, mit den Grundsätzen der Kräuterkunde, den Gesetzen der Hexengemeinschaft und mit Anleitungen für Verwandlungen – eben mit dem gesammelten Wissen der Zauber- und Hexenkunst. Ein paar Bücher waren jedoch gar keine Bücher, sondern mit Buchrücken versehene Kästchen, in denen sich heilige Amulette sicher verbergen ließen.

So enthielt beispielsweise der Band *Kristalle und Steine* eine mit Samt ausgekleidete Schatulle, in der sich ungeschliffene Edelsteine, alte Quarzkristalle und mit Mineralien und Edelsteinen verzierte Amulette befanden. Nur ganz wenige Eingeweihte wussten, dass hier auch die Fünf Heiligen Steine aufbewahrt wurden, die von fünf geheiligten Orten stammten: aus dem Alten Ägypten, aus Mesopotamien, vom Machu Picchu, aus den Höhlen von Coventry Island und aus der Hexenstadt Salem in Massachusetts.

Andere Bände enthielten das alte Wissen über Beschwörungen und Verwünschungen, und sie enthielten auch Anleitungen, wie man anderen Menschen Schaden zufügen konnte. Karsh hatte schon sehr oft mit dem Gedanken gespielt, diese Bände zu vernichten. Aber er konnte es nicht tun. Jetzt noch nicht.

Zwischen den Büchern standen einige gerahmte Fotografien – Schnappschüsse von Angehörigen seiner Familie, die längst verstorben waren, und Porträts von Karshs Freunden, von denen die meisten Hexenlehrlinge zeigten, die bei Karsh in die Lehre gegangen waren. Er nahm das Foto von Ileana in die Hand, seiner temperamentvollsten Schülerin, und schüttelte traurig den Kopf. Sicherlich empfand sie das Leben zurzeit als reine Hölle!

Vorsichtig nahm er das Bild aus dem Rahmen. Dahinter kam ein weiteres Foto zum Vorschein, das Karsh nicht wegwerfen, aber auch nicht immer sehen wollte. Er betrachtete es nachdenklich. Es zeigte den jungen Karsh, einen hoch gewachsenen Hexer, der mit stolzgeschwellter Brust breit in die Kamera lächelte. Sein Arm lag um die Schultern eines weiteren, ebenfalls grinsenden jungen Mannes, der ein wenig kleiner, aber kräftiger war.

Nathaniel DuBaer, Karshs bester Freund, der jetzt schon so lange tot war. Voller Hoffnung waren sie damals gewesen, so vollkommen überzeugt, dass ihnen die Welt offen stand! Dass sie unbesiegbar waren! Aber das Schicksal hatte andere Pläne für sie gehabt.

Plötzlich zersplitterte Glas auf seinem eben noch so makellos gefegten Parkettboden. Erst viel später wurde Karsh bewusst, dass ihm die Glasscheibe des Rahmens aus der Hand geglitten sein musste. In diesem Augenblick jedoch, als er das Foto anstarrte, wurde er von einem vertrauten Gefühl überwältigt, und obwohl er solch eine Situation schon so oft erlebt hatte, fürchtete er sich noch immer vor dieser Empfindung: eine eisig kalte Starre, die sich in seinem ganzen Körper ausbreitete, die seine Kehle einschnürte und kalte Schweißtropfen auf seine Stirn trieb. Und wie immer wurde es begleitet von einem entsetzlich lauten Ohrklingeln, das jedes andere Geräusch übertönte. Seine Augen brannten wie Feuer, alles wirkte verschwommen, dann plötzlich sah er schärfer als zuvor: einen dicht gewachsenen Wald. Der Waldboden schien sumpfig zu sein, möglicherweise grenzte das Gehölz an ein Gewässer – einen Weiher, einen See oder vielleicht eine Bucht. Ja, jetzt erkannte er zwischen den Bäumen hindurch eine hübsche kleine Bucht, umsäumt von hoch gewachsenem Schilf und Rohrkolben und einem schmalen, felsigen Strand. Seine Augen folgten einem Pfad, der auf beiden Seiten von kletterndem Immergrün begrenzt war, das wie ein grüner Wasserfall herunterhing. Der Pfad führte zu einer kreisförmi-

gen Lichtung, einem mystischen Kreis, der von hohen Felsen umschlossen wurde. Karsh stöhnte auf. Blankes Entsetzen trieb ihm den Schweiß auf die Stirn. Dort auf der Lichtung, eingehüllt in einen schwarzen Totenmantel, stand eine ausgezehrte Gestalt, die sich ihm zuwandte und ihn mit vor Schreck weit aufgerissenen Augen anstarrte. Heftig keuchend presste sie die Hände gegen die Schläfen, stieß einen heiseren Schrei aus und taumelte rückwärts. Dann brach sie auf dem sumpfigen Boden zusammen.
Auch Karsh hatte jetzt die Hände gegen die Schläfen gepresst und versuchte, den durch seinen Kopf pulsierenden, immer stärker werdenden Schmerz zu dämpfen. Wieder hörte er von weit her den verzweifelten Schrei. Warum kam ihm die Stimme nur so bekannt vor? Doch bevor er darauf eine Antwort finden konnte, verblasste die Vision.
Zitternd lehnte sich Karsh gegen das Buchregal. Als er seinen Beinen wieder trauen konnte, machte er einen vorsichtigen Schritt. Glas knirschte unter seinen Hausschuhen. In seinem Kopf hämmerte der Schmerz.
Camryn, die solche Erlebnisse ebenfalls kannte, hatte er gelehrt, dass eine solche Vision eine Vorahnung war, eine psychische Vorschau auf ein kommendes Ereignis. Manchmal waren die Visionen entsetzlich und Furcht erregend, vor allem, wenn sie ein schlimmes Ereignis vorhersagten. Doch oft konnte man sich nicht erklären, was die Vorahnungen genau bedeuteten.
Doch diesmal wusste Karsh nur zu gut, was die Vision ihm sagen wollte. Voller Entsetzen und in ohnmächtiger Wut hämmerte er mit den Fäusten gegen das Regal. Plötzlich hatte er es sehr eilig. Jetzt kam es darauf an, schnell zu handeln.
Um die Glasscherben auf dem Boden konnte er sich jetzt nicht

mehr kümmern. Er riss die Buch-Schatulle *Kristalle und Steine* aus dem Regel und schlug den Deckel auf. Mit geschlossenen Augen hätte er den Stein gefunden, den er suchte, so sehr waren ihm diese magischen Steine vertraut.

Mit den Heiligen Fünf in der Hand würde er erfahren, was er jetzt am dringendsten wissen musste: Wo um alles in der Welt hielt sich Ileana auf? Sie war überstürzt von Coventry Island abgereist, weil sie Zeit und Ruhe brauchte, um mit den Enthüllungen fertig zu werden, die sich bei dem Gerichtsverfahren gegen Fredo DuBaer und gegen Lord Thantos ergeben hatten. Und Karsh hatte ihr versprechen müssen, sie in Ruhe zu lassen. Doch die Vision zwang ihn nun dazu, sein Versprechen zu brechen.

Er fegte die Papiere, die auf seinem altertümlichen Schreibtisch lagen, beiseite und arrangierte vier der Steine in exakt vorgeschriebenem Muster; der fünfte Stein, das Tigerauge, kam in die Mitte. Er zündete eine Kerze an und konzentrierte all seine Sinne auf das Tigerauge. Dann sandte er mit größter Dringlichkeit einen Ruf hinaus.

Alle fünf Steine begannen plötzlich von innen heraus zu leuchten. Jeder Lichtstrahl verstärkte das farbige Leuchten des daneben liegenden Steins, sodass die Steine schließlich in einem deutlich sichtbaren Regenbogen strahlten. Wenn das Ritual richtig und mit absolut reinem Gewissen durchgeführt wurde, würde er im Licht des in der Mitte liegenden Tigerauges erkennen können, wo sich Ileana aufhielt. Und wenn es sein musste, konnte er sie auf der Stelle herbeirufen.

Karsh starrte in den goldenen Glanz des Tigerauges und da – die matte Oberfläche klarte auf und ein Bild erschien: Ileana!

Sie saß allein an einem Sandstrand und blickte auf das Meer

hinaus. Karsh wusste sofort, wohin sein Schützling geflohen war. Er atmete erleichtert auf.
Seine Erleichterung war so groß, dass er nicht hörte, wie die Tür leise geöffnet wurde, dass er nicht den Geruch von billigem Haaröl und süßlichem Rasierwasser wahrnahm, dass er auch keinerlei Gefahr spürte. Der dumpfe Schlag traf ihn, bevor er wusste, wie ihm geschah.
Er wurde zu Boden gerissen und die zwei Eindringlinge stürzten sich mit erhobenen Fäusten auf ihn.
Karsh erkannte die Angreifer sofort. Tsuris und Vey waren die bösartigen Söhne Fredo DuBaers. Sie waren auf die Insel gekommen, um dem Prozess gegen ihren Vater beizuwohnen. Und obwohl sie Fredo vorher kaum jemals gesehen hatten, fühlten sie sich jetzt plötzlich eng mit ihm verbunden und sannen auf Rache.
„Wo ist sie, Alter?“ Tsuris, der Größere der beiden, kam drohend auf Karsh zu.
„Ja, wo hat sich Ileana versteckt? Zu Hause ist sie nämlich nicht. Sie ist eine Verräterin, sie hat unseren Vater ins Gefängnis gebracht!“, zischte der kurz gewachsene, dicke Vey mit hochrotem Gesicht. „Wir haben ihre Bude von oben bis unten durchsucht. Du weißt, wo sie ist. Spuck's aus!“
Karsh versuchte, vernünftig auf sie einzureden. „Ihr seid im Irrtum. Ileana hat nichts weiter getan als eine Tür aufzustoßen, sodass die Wahrheit endlich herauskam.“
„Wahrheit? Welche Wahrheit, du alter Trottel? Uns kannst du nichts vormachen!“, fauchte Tsuris. „Das alles ist eine abgekartete Sache, um unseren Namen in den Schmutz zu ziehen. Ihr wollt uns das vorenthalten, was uns zusteht!“
Also daher wehte der Wind! Diese armseligen Idioten fühlten sich betrogen! Sie waren von ihrer geldgierigen Mutter in

Kalifornien großgezogen worden, die sich aber schon vor Jahren von Fredo hatte scheiden lassen. Es ging ihnen gar nicht um ihren Vater, sondern sie wollten nur verhindern, dass ihr Erbteil am großen Vermögen des DuBaer-Konzerns geschmälert wurde.

Karsh schüttelte den Kopf. Wenn sich Egoismus mit Dummheit paarte, konnte nichts anderes als egoistische Dummheit entstehen. Gegen beides konnte man mit Vernunft nichts erreichen.

„Sag uns sofort, wo sie ist! Sonst wirst du es bitter bereuen … falls du dann noch am Leben bist!“ Vey hob drohend die Faust.

Normalerweise wäre Karsh mit diesen zwei Witzfiguren leicht fertig geworden. Mit einer einzigen Handbewegung hätte er Vey in eine dicke Kröte verwandelt (der er sowieso ähnlich sah) und Tsuris, der einen blond gefärbten Bürstenhaarschnitt trug, in einen stacheligen Kaktus. Doch obwohl sich Karsh noch vor wenigen Augenblicken stark und gesund gefühlt hatte, war er doch ein alter Mann. Mit zunehmendem Alter war er langsamer geworden. Er fühlte sich schwach und ausgelaugt. Wahrscheinlich hatte ihn die Vision viel Kraft und Konzentrationsfähigkeit gekostet. Das reichte Dick und Doof, um ihn gefahrlos angreifen zu können.

Tsuris schlug Karsh mit einem brutalen Schlag nieder. Für den alten Hexer kam der Schlag unerwartet und für ein paar Sekunden wurde ihm schwarz vor den Augen. Vey griff nach einer Krücke, die Karsh während seiner Krankheit benutzt hatte, drückte ihn damit auf den Boden und befahl ihm, liegen zu bleiben.

Dann tobten die beiden Schläger wild durch das Cottage. Sie rissen alle Türen auf, schleuderten den Inhalt von Schränken und Schubladen heraus und zerstörten, was ihnen zwischen die Finger kam. In einer Mischung aus Trotz und Wut stürzten sie die Möbel um, rissen die zum Trocknen aufgehängten Kräuter herab und zerbrachen sämtliches Geschirr und alle Gläser.

Karshs Kopfschmerzen wurden immer stärker. Das Letzte, was er noch wahrnahm, bevor er das Bewusstsein verlor, war ein entsetzliches Geräusch: Die Fünf Heiligen Steine fielen vom Tisch und rollten über den Boden.

Kapitel 6

EINE SCHLAFLOSE NACHT

Die Pizzeria PITS war total überfüllt, irre laut und um hundert Grad zu warm. Der appetitliche Duft von ofenfrischer Pizza hing in der Luft. Alex und fünf Mädels vom „Sechserpack", wie sich Cams Clique nannte (minus Brianna, die sich noch in der Klinik befand), hatten sich eng nebeneinander in eine der Tischnischen im vorderen Teil des Restaurants gezwängt – denn wer kam oder ging, musste hier vorbei. Die meisten Jungs winkten, blieben stehen, um ein wenig zu reden, oder warfen den Mädchen interessierte Blicke zu.

„Komm, wir hauen ab", flüsterte Alex ihrer Schwester zu.

Alex zählte nicht zum Sechserpack und gerade heute hatte sie überhaupt keine Lust auf ein Treffen mit der Clique.

Cam nickte, blieb aber unbeweglich sitzen.

Die Zwillinge waren nicht hungrig. Sie hatten ihre Pizzas kaum angerührt und sich nur durch gelegentliches Nicken am Gespräch beteiligt. Sie hatten nur so getan, als gefiele es ihnen hier, als fänden sie das wöchentliche Ritual mit dem Sechserpack in der Pizzeria super, das jeden Freitagabend stattfand. Normalerweise war das zumindest bei Cam auch der Fall. Aber heute waren ihre Gedanken woanders.

Cam konnte die hässliche Vision nicht aus ihrem Kopf

verdrängen, die Thantos ihr vorgeführt hatte. Sie wurde das furchtbare Gefühl nicht los, dass sie einen Blick in die Zukunft geworfen hatte, dass Thantos also dieses Gehirnvideo nicht nur in Szene gesetzt hatte, um ihr seine Zaubertricks vorzuführen.

Auch Alex' Gedanken waren längst woanders. Sie dachte an ihre Mutter und fragte sich, ob ihnen Thantos die Wahrheit gesagt hatte, als er behauptete, Miranda würde weder anrufen noch die Zwillinge besuchen kommen – jedenfalls nicht ohne seine Erlaubnis.

Cam hatte sich natürlich darüber gefreut, dass ihre beste Freundin Beth, ein großes Mädchen mit Locken, die Führerscheinprüfung bestanden hatte. Trotzdem hatte sie ihr nur kurz gratuliert, sich dann aber schon bald geistig aus dem aufgeregten Geplapper ihrer Freundinnen ausgeklinkt.

Alex hatte sich zuerst sogar ehrlich bemüht, Kristen Hsu zuzuhören, die beim Reden ständig ihr glattes, kohlrabenschwarzes Haar über die Schulter warf. Kristen verkündete der Runde die neuesten Nachrichten von Brianna, die noch immer in der Klinik in Kalifornien wegen ihrer Magersucht behandelt wurde, in der sich angeblich auch die Mutter der Zwillinge befand.

Doch als das Gespräch dann auf die neueste Schultragödie überging, die von Sukari und Amanda in allen Einzelheiten ausgemalt wurde, fiel es Cam und Alex immer schwerer, Interesse zu heucheln.

„Irgendjemand hat behauptet, es sei ein Skateboardunfall gewesen", sagte die leichtgläubige Amanda gerade. „Aber ich hab auch gehört, sie sei auf der Treppe ausgerutscht ..."

„Und hat sich dabei ein blaues Auge geholt? Das glaubst du doch selbst nicht", warf Sukari trocken ein.

„Jedenfalls wurden ihre Eltern verhört", mischte sich Kristen in vertraulichem Tonfall ins Gespräch. „Die Eltern sind immer zuerst dran, wenn der Verdacht besteht, dass Kinder misshandelt wurden."

„Kenya ist eigentlich kein Kind mehr", erklärte Beth. „Sie … Cami, ist sie nicht in Dylans Klasse?"

Cam zuckte zusammen, als sie den Namen ihres Bruders hörte. „Was?", fragte sie total verwirrt.

Irgendwas über ein Mädchen in seiner Klasse, informierte sie eine Gedankenmail von Alex, um ihr aus der Verlegenheit zu helfen.

Beth rollte in komischer Verzweiflung die Augen. „Wir reden von Kenya Carson, Cami", erklärte sie übertrieben geduldig. „Ist sie nicht in …"

„Tut mir Leid, Leute", sagte Cam schwach. „Aber ich bin nicht ganz …" Sie sah ihre Schwester Hilfe suchend an.

„Stimmt, sie ist nicht ganz …", bestätigte Alex grinsend, „nun, sie … sie fühlt sich heute nicht wohl. Ich hab ihr schon gesagt, dass sie eigentlich zu Hause bleiben sollte, aber …"

„Bitte nicht!" Kristen rückte schnell von Cam weg. „Eine Grippe würde mir gerade noch fehlen."

Cam blickte benommen in die Runde. Sie fühlte sich tatsächlich nicht wohl. Und wahrscheinlich sah sie auch so aus.

„Komm, wir gehen", drängte Alex.

„Ich glaube nicht, dass ich Grippe hab", beruhigte Cam ihre Freundinnen, schob sich aber gleichzeitig aus der Tischnische. „Wahrscheinlich brauche ich nur eine ordentliche Portion Schlaf. Aber Alex hat Recht. Wir gehen nach Hause."

„Wenn's nicht schon dunkel wäre, würde ich euch nach Hause fahren", verkündete Beth stolz und wedelte mit ihrem nagelneuen Führerschein in der Luft herum.

„Hoffentlich weißt du auch, wo man die Autoscheinwerfer einschaltet. Bei unseren Fahrrädern ist zumindest das kein Problem", grinste Alex und warf ihrer Schwester die Jacke zu. Auch Cam lachte. „Keine Angst, Beth: Du wirst schon noch eine Gelegenheit bekommen, uns in den Graben zu befördern."

Eine ordentliche Portion Schlaf? Daraus wurde nichts.
Cam wollte unbedingt noch bei Dylan vorbeischauen, bevor sie zu Bett gingen. Doch Alex wehrte ab.
„Bei ihm ist alles okay. Lass ihn in Ruhe. Ich hab noch kurz bei ihm reingeschaut, bevor wir zur Pizzeria gingen." Sie schob ihre Schwester resolut an Dylans geschlossener Tür vorbei. „Das war kurz bevor unser Onkel Bösewicht bei uns auftauchte. Meinst du, dass er uns die Wahrheit gesagt hat?"
Cam schüttelte sich entsetzt. „Hoffentlich nicht."
„Ich meine nicht diese Horror-Video-Vision, die er für uns ablaufen ließ, mit Dylan Barnes in der Hauptrolle." Alex hatte leise die Tür ihres Schlafzimmers geöffnet und sich vorsichtig umgeschaut. Offenbar hatten sich keine unwillkommenen Onkel eingefunden. Sie schaltete das Licht ein und warf ihr Kapuzen-Sweatshirt auf ihr Bett. „Ich hab eigentlich Miranda gemeint. Glaubst du wirklich, dass nur er allein dafür sorgen kann, dass sie zu uns kommt? Wenn das stimmt, dann ist etwas faul an der Sache. Ich meine, sie ist schließlich unsere Mutter. Man sollte doch meinen, dass sie genauso begierig ist, uns kennen zu lernen, wie wir es sind …"
„Was hat er noch gesagt?", fragte Cam, zog den Haargummi von ihrem Pferdeschwanz und schüttelte ihr Haar. „Irgendwas wie, Manchmal passieren Unfälle' oder so ähnlich." Sie

ging zum Badezimmer, das ihr Schlafzimmer mit Dylans Zimmer verband.
„Er hat nur versucht, uns Angst einzujagen“, sagte Alex zuversichtlich.
„Wenn das nur ein Versuch war“, rief Cam, „na herzlichen Glückwunsch! Hundert Prozent Erfolg, bei mir jedenfalls.“ Sie beäugte die Tür, die zu Dylans Zimmer führte. Nur so ein Gefühl, dass sie unbedingt mal einen Blick ...
„Hast du eigentlich schon mal darüber nachgedacht, warum er ständig hinter uns her ist?“, rief Alex und lenkte damit Cam von ihrem Vorhaben ab.
„Wer, Thantos?“ Die Sorge um ihren Bruder war vergessen. „Superclevere Frage! Hast du eigentlich schon mal darüber nachgedacht, wieso du dein Haar färbst?“
Als Cam aus dem Bad kam, lag Alex bereits im Bett – gekleidet in ein verwaschenes und an den Ellbogen durchgescheuertes T-Shirt, das einmal ihrer Adoptivmutter Sara gehört hatte. Sie sprang wieder heraus, um die Zähne zu putzen.
„Im Ernst, Cami!“, fuhr Alex fort, als sie wieder unter die Decke kroch. „Machen wir uns doch nichts vor! Wenn es um Zauberkraft geht, sind wir zwar schon ganz gut, aber keineswegs super. Wenn er wirklich wollte, brauchte unser großmächtiger Onkel doch nur mal kurz zu pusten und wir wären total weg vom Fenster. Also: Warum hat er das nicht längst gemacht?“
Cam zuckte die Schultern und schaltete die Nachttischlampe aus, die auf einem Tischchen zwischen den beiden Betten stand. „Ich nehme einfach an, dass Ileana Recht hat mit ihrer Vermutung ...“
Ileana – ihr eigenwilliger, aber hochintelligenter Vormund – vermutete, dass Thantos den Zwillingen gewissermaßen eine

„Gehirnwäsche“ verpassen und sie auf seine Seite bringen wollte, um ihre bemerkenswerten Zauberkräfte für seine eigenen dunklen Zwecke nutzen zu können. Dass er sie seiner unstillbaren Gier nach Reichtum und Macht unterwerfen wollte, statt ihnen zu erlauben, sich um die Nöte anderer Menschen zu kümmern.

Und noch etwas glaubte Ileana felsenfest: Wenn es Thantos nicht gelänge, die Zwillinge auf seine Seite zu bringen, würde er nicht zögern, sie zu töten.

Eine Weile schwiegen sie in der Dunkelheit – aber beide wussten, dass die Schwester noch wach lag und am *Affenhirn* litt – was, wie Cams Freundin Amanda behauptete, ein Zen-Begriff sei, der besagte, dass sich die Gedanken geradezu zwanghaft und wild im Kreise drehten.

„Okay. Ich biete einen Dollar fünfzig für deine Gedanken“, brach Alex schließlich das lange Schweigen. „Ich hab mich fairerweise nicht in deine Denke eingeloggt, Schwester. Ich weiß aber trotzdem, dass du dich immer wieder fragst, *wie* es sein wird, während ich wissen will, *wann* es passiert.“

„Stimmt so ungefähr“, gab Cam zu. „Ich meine, wir können doch gar nicht bestimmen, *wann* wir unsere Mutter treffen, oder? Aber ich muss immer darüber nachdenken, *wie* sie wohl ist …“

„Und? Wie ist sie denn nun, deiner Meinung nach?“, drängte Alex.

„Sanft“, meinte Cam nach einigem Zögern. „Weißt du, irgendwie ruhig und mild und freundlich und liebevoll … Und wahrscheinlich ist sie ziemlich nervös bei dem Gedanken, uns zu treffen. Sie möchte vielleicht keinen schlechten Eindruck auf uns machen. Verstehst du, sie ist doch eine Mutter, oder nicht?“

„Klar ist sie das", sagte Alex rau, „aber vor allem ist sie auch eine Hexe. Vergiss das nicht! Sie hat erlebt, wie ihr Mann ermordet wurde. Und dann hat sie auch noch ihre Kinder verloren, nämlich uns, vielleicht kein großer Verlust …", Alex lächelte schief, „aber immerhin … Und beides hat sie überlebt. Und dann war sie fünfzehn Jahre lang eingesperrt, das war praktisch wie ein Gefängnis oder so. Weit weg von ihren Freunden auf Coventry und von ihrer Familie …"
„Also, mach's kurz: Was willst du damit sagen?", unterbrach sie Cam abwehrend. „Glaubst du etwa, dass sie sich aufführen wird wie die Typen, die nach fünfzehn Jahren aus dem Gefängnis entlassen werden?"
„Nein. Aber ich kann sie mir nicht als sanftes und süßes Mütterchen vorstellen", gab Alex scharf zurück. „Ich glaube, dass sie unwahrscheinlich stark ist. Eine Superfrau. Eine dieser wilden Göttinnen, wenn du weißt, was ich meine, eine Art Walküre, die mal ein paar Jahre abtauchen musste …"
„Alex! Sie hat am Telefon geweint, als sie unsere Stimmen hörte! Schon vergessen?", rief Cam ungeduldig.
„Okay, okay. Wein dich endlich in den Schlaf", murrte Alex.
„Echt ätzend, deine Wortspiele", knurrte Cam.

Eine halbe Stunde lang herrschte Stille.
„Beide hatten graue Augen. Unheimlich, meinst du nicht?", sagte Cam unvermittelt in die Dunkelheit.
„Unsere Eltern, richtig", bestätigte Alex, wie aus der Pistole geschossen. „Und Brianna behauptete, Mirandas Augen hätten genau dieselbe Farbe wie unsere Augen. Aber unser großer böser Onkel Thantos meinte heute, wir sähen unserem Vater ähnlich …"

„Brianna sagte auch, dass sie sehr schön sei“, murmelte Cam. „Na also“, lachte Alex. „Onkel T hat die Wahrheit offenbar nur halb getroffen. Du siehst unserem Vater ähnlich, ich unserer Mutter.“

Cam kicherte. Sie hatten längst herausgefunden, dass ihr Vater Aron der mittlere der drei DuBaer-Brüder war. Die zwei anderen, der riesige, massige Thantos und der kleine, schmächtige Fredo, der einen dünnen Geißenbart hatte, waren beide keine Schönheiten. „Kotz“, stöhnte Cam. „Ich hoffe, er sah nicht aus wie seine Brüder.“

Wieder schwiegen sie eine Weile. Irgendwann warf Alex einen Blick auf die Digitaluhr, die zwischen ihnen stand. Drei Uhr morgens. „Das bringt uns zu der Frage nach dem *Wann* zurück“, sagte sie.

„Was?“ Cam war tatsächlich halb eingeschlafen.

„Vielleicht sollten wir dieses Spielchen einfach mitmachen. Einfach so tun, als seinen wir absolut scharf darauf, zu Thantos zu gehen und bei ihm ein Praktikum in Hexerei zu machen, zwecks Berufserkundung. Jedenfalls so lange, bis er uns mit Miranda zusammenbringt. Was meinst du dazu?“

Camryn drehte sich schläfrig auf die andere Seite. „Was ich meine? Ich meine, wir machen denselben Fehler schon wieder.“ Sie gähnte herzhaft. „Wir versuchen, alles auf eigene Faust herauszufinden, aber eigentlich hätten wir längst Karsh oder Ileana zu Hilfe rufen sollen.“

„Cami!“, stöhnte Alex. „Was meinst du denn, was ich die ganze Nacht versucht habe? Mit ihnen Kontakt aufzunehmen natürlich! Aber sie antworten nicht …“ Einen Augenblick später setzte sie sich abrupt auf. Schlang die Arme um die Schultern, um sich gegen die plötzliche kühle Brise zu schützen, die ihr eine Gänsehaut über den Rücken jagte, sodass sich

die feinen Härchen auf ihrem Nacken sträubten. „Cam?", rief sie leise.
„Ich … ich bin hier", antwortete Cam mit klappernden Zähnen. „Und, äh … Ich glaube, er ist auch … Ich fühle, dass er da ist …"
„Thantos … ich weiß …", flüsterte Alex. „Ich … kann ihn riechen …"
„Und wonach genau rieche ich?" Die Vorhänge hoben sich und flatterten, als würden sie von Thantos' dröhnender Stimme wie in einem Sturm hochgewirbelt. „Rotz und Kotz?"
„Klee. Nasse Erde. Kältestes Eis", sagte Alex zitternd.
„Na prima", meinte Thantos spöttisch. „Dein Geruchssinn ist bemerkenswert. Aber ich bin nicht hier, um deine Sinne zu prüfen, sondern ich will euch zeigen, was ich kann. Geht zum Heiligen Baum im Mariners' Park …"
„Unsere Mutter?", flüsterte Alex und zitterte noch heftiger.
„Wann?", wollte Cam wissen.
„Jetzt. Sofort", sagte ihr Onkel. „Wie am Tag eurer Geburt – zwischen Sonnenaufgang und Monduntergang – wird sie euch empfangen."

Kapitel 7

IM MARINERS' PARK

Cam war seit ihrem sechsten Lebensjahr nicht mehr vom Rad gestürzt. Doch jetzt radelte sie so unsicher durch die von einem leichenblassen Mond erhellte Nacht, dass man glauben konnte, sie hätte das Radfahren eben erst erlernt. Das lag wohl auch daran, dass Cam so sehr zitterte, dass sie immer wieder das Gleichgewicht verlor. Schweißnass umklammerten ihre Hände den Lenker ihres Mountainbikes. Kälteschauer und Hitzewallungen jagten über ihren Körper.

Sie war so schnell aus dem Haus gestürzt, dass sie Geldbörse und Handy vergessen hatte. Sie hatte sich noch nicht einmal Zeit genommen ihr Haar ordentlich zu kämmen und hatte auch keine Nachricht für ihre Eltern hinterlassen. Normalerweise wäre sie nie im Leben in diesem Zustand – ohne Handy und ungekämmt – aus dem Haus gegangen. Völlig ausgeschlossen! Insofern war die nächtliche Radtour aus Cams Sicht von Anfang an eine Katastrophe.

Doch auch Alex fühlte sich nicht viel besser. Sie radelte neben Cam her und bemühte sich verzweifelt, aber völlig vergeblich, cool und gelassen zu erscheinen. Doch auch ihre Hände waren schweißnass, ihre Zähne klapperten und sie hatte das Gefühl, als bekäme sie keine Luft mehr.

Eine Weile radelten sie still und gedankenverloren nebeneinander her.
Jede Radumdrehung brachte sie ihrem Ziel näher und löste neue Erinnerungen aus – nicht ihre eigenen, sondern an die Geschichten, die andere ihnen erzählt hatten: Karsh, Ileana, Thantos und sogar Fredo.
Cam erinnerte sich, wie sie und Alex zum ersten Mal die Stimme ihrer Mutter gehört hatten – es hatte sich ganz spontan ergeben, als sich Cams Sonnen- und Alex' Mondamulett zum ersten Mal ineinander gefügt hatten.
Und jetzt würden sie ihre Mutter zum ersten Mal persönlich sehen – fast ein Jahr, nachdem sich die Zwillinge selbst zum ersten Mal begegnet waren.
In diesem einen Jahr hatte Cam mindestens eine Million Fantasiegespräche mit ihrer Mutter geführt. Manchmal ergab sich das ganz spontan und natürlich. Sie hatte sich vorgestellt, wie sie mit ihrer Mutter gelacht und gescherzt hatte, wie sie sich umarmt hatten, wie sie versucht hatten, die langen Jahre, in denen sie getrennt gewesen waren, nachzuholen. Deshalb stellte sich Cam das erste wirkliche Zusammentreffen ungefähr so vor, als begegnete sie nach vielen Jahren wieder einer Freundin, um dann erstaunt festzustellen, dass sie noch immer genauso gut miteinander reden konnten wie früher.
Sie hatte sich sogar vorgestellt, wie sie Miranda mit Dave, Emily und Dylan bekannt machen würde. Sicherlich könnten sie doch wie eine einzige Familie zusammenleben?
Aber Cam hatte auch andere Träume von Miranda gehabt – von einer hochnäsigen, arroganten Miranda. Eine Mutter, die ihre Kinder ablehnte und eigentlich gar nichts mit ihnen zu tun haben wollte, die sie sogar – im Gegensatz zu dem, was man Alex und Cam erzählt hatte – aus eigenem Willen

verlassen hatte und die jetzt von Thantos gezwungen wurde, sich mit ihnen zu treffen. Und die sich danach gleich wieder davonmachen würde.

Cam hätte es niemals offen zugegeben – aber tief im Innersten war ihr die Traumvariante mit der ablehnenden Mutter fast lieber. Sie würden sich einmal treffen. Das Mutter-Rätsel würde gelöst sein und Miranda würde wieder aus dem Leben der Zwillinge verschwinden. Und Cam könnte endlich wieder ihr altes sorgloses Leben führen und jede Menge Spaß mit ihren Freundinnen haben.

Doch plötzlich lief ihr wieder ein Kälteschauer über den Rücken. Noch ein Rätsel. Was hatte Thantos mit dieser grotesken Vorführung gemeint, als er ihnen Dylan im Müllcontainer gezeigt hatte? Wahrscheinlich hatte er ihnen nur Angst einjagen und ihnen beweisen wollen, welche Macht er hatte, versuchte sich Cam selbst zu beruhigen. Ohne Erfolg – schon bei der bloßen Erinnerung geriet sie in Panik. Und jetzt hatte sie auch noch ihr Handy zu Hause liegen lassen! Was, wenn nun wirklich etwas passierte und Dylan verzweifelt versuchte sie anzurufen?

Bevor sie wusste, was sie tat, machte sie eine Vollbremsung.

„Verdammt, Barnes! Pass doch auf!“, schrie Alex aufgebracht. „Was ist denn los mit dir? Ich wär dir beinahe hinten reingefahren!“

„Nur weil du wie eine Schnecke reagiert hast, Fielding!“, fauchte Cam zurück. „Auch wenn du nervös bist, heißt das noch lange nicht, dass du dich wie eine gereizte Wespe aufführen darfst! Und außerdem bist du nicht die Einzige, die …“

„… Angst hat? Nervös ist? Vor Schreck erstarrt ist, weil Onkel Thantos vielleicht wieder einen seiner fiesen Tricks mit uns vorhat, dieses Mal mit Dylan in der Hauptrolle?" Alex holte tief Luft. „Cam! Ob es dir gefällt oder nicht, wir müssen diese Sache hinter uns bringen. Wir hatten schließlich keinen Einfluss darauf, wann und wo diese kleine Mutter-Kind-Vereinigung abgehen soll!"

Alex ließ Cam vorausfahren. Sie wusste, dass sie sich selbst nicht gerade vernünftig verhielt, aber im Moment ärgerte sie sich über jede Kleinigkeit, die mit Cam zu tun hatte. Schon wie sich ihre lächerliche rosa Jacke beim Radeln aufblähte! Oder wie sie sich über den Lenker ihres teuren Super-Mountainbike beugte, wie ihr Po auf dem ergonomisch gestylten Gel-Sattel hin- und herrutschte! Und dass Cam so reich und sorglos hatte aufwachsen dürfen, während sie – Alex – in bitterster Armut dahinvegetiert hatte und sich so oft einsam, fremd und verzweifelt gefühlt hatte. Das alles war doch total daneben. Und Alex dachte an Saras Beerdigung, erinnerte sich daran, was Karsh ihr über ihre Mutter erzählt hatte. Damals hatte sie geglaubt, dass er Sara meinte, und erst viel später war ihr klar geworden, dass er von Miranda gesprochen hatte. „Ich kannte sie gut. Sie war ein sehr schönes Mädchen. Sternenaugen hatte sie, genau wie deine."

Alex hatte fertige Drehbücher für die Begegnung mit Miranda in ihrem Kopf gespeichert – einschließlich Choreografie und Filmmusik für die gesamte Szene. In verschiedenen Varianten. Mit entsprechenden Dialogen. Zum Beispiel als Filmkomödie: Alex: „Wieso hast du denn so lange gewartet, Mummy?" Miranda: „Hab ganz vergessen, auf die Uhr zu schauen." Oder als Krimi: Alex: „Wie konntest du uns nur so im Stich lassen!" Miranda: „Ich hatte keine Wahl. Ich wurde gekidnappt." Oder als Musical: Alex: „Du behauptest also, unsere echte Mutter zu sein? Beweise es!" Und Miranda

würde einen Abschiedsblues singen und dann für immer verschwinden.
Seltsamerweise gefiel Alex dieses letzte Script am besten. Weil sie dann am wenigsten Probleme mit ihrer Treue gegenüber Sara haben würde, die bis heute ihre beste und einzige Mutter war.
Einige Meter vor ihr fuhr Cam gerade über eine Bordsteinkante und steuerte ihr Mountainbike durch den großen, reich verzierten Torbogen des Mariners' Park. Am Fuß des Hügels zögerten die Zwillinge kurz, doch dann stellten sie ihre Fahrräder ab und stiegen den schmalen Fußweg hinauf.
Der Weg war ihnen vertraut. Instinktiv fassten sie sich bei der Hand und tauschten telepathische Gedanken aus.
Was ist, wenn sie uns nicht mag?, fragte Cam.
Was ist, wenn wir sie nicht mögen?, funkte Alex zurück.
Was ist, wenn sie irgendeinen faulen Zauber anwendet und uns weghext?, grübelte Cam ängstlich.
Was ist, wenn sie nur eine von uns beiden mag?, überlegte Alex.
Und was ist, wenn es überhaupt keine Beziehung zwischen uns gibt?, spekulierte Cam weiter.
„Hey!", sagte Alex laut. „Was ist, wenn sie überhaupt nicht auftaucht? Wenn das alles nur einer von Thantos' oberschleimigen Tricks ist, um uns von zu Hause wegzulocken und seine schurkischen Typen auf uns zu hetzen?"
„Niemals!", antwortete Cam entschieden. „Ich glaube ihm, Alex. Sie wird kommen."
„Ist das deine Vorahnung oder wünscht du dir das oder hast du heimlich Angst davor?", wollte ihre Schwester wissen.
„Und bist du verrückt oder gemein oder nur ein Ekel, dass du so etwas fragst?", giftete Cam zurück.

Im Park war es noch immer dunkel, kalt und windig. Cam schlug den Kragen ihrer rosa Skijacke hoch und Alex knöpfte ihren Militärparka zu, unter dem sie nur ein Sweatshirt trug. „Weißt du, dass wir genau dieselben Jacken anhatten, als wir letztes Mal hier waren?“, fragte sie, als sie sich der alten knorrigen Eiche näherten.

Cam nickte. „Echte Katastrophe. Das war, als wir den *Zauberspruch vom Reisenden* zum ersten Mal ausprobierten und alles vermasselten und an verschiedenen Orten landeten …“

„… und als Ileana uns nachher verboten hat, den Spruch jemals wieder anzuwenden“, grinste Alex.

„Hey! Ich hab sogar noch ein wenig von den Kräutern in der Tasche“, sagte Cam und streckte Alex die Hand hin. Doch Alex achtete nicht darauf. Sie konzentrierte sich auf die Dunkelheit, die vor ihnen lag, starrte angestrengt zu der Eiche hinüber, die sich schwarz vom Horizont abhob. Sie hatten die Hügelkuppe noch nicht ganz erreicht.

„Es ist Beifuß“, plapperte Cam weiter, „die Kräuter, die wir damals verwendet haben. Und schau mal hier – ich hab sogar Ileanas Kristall in der Tasche …“

„Ich glaube nicht, dass sie da ist“, unterbrach Alex ihre Schwester, „unsere … du weißt schon, ich meine Miranda. Ich rieche nur ganz normale Gerüche, wie eben ein Park in einer kalten Nacht riecht. Ich höre auch keine besonderen Geräusche.“

Cam konzentrierte ihren scharfen Blick auf den jahrhundertealten, knorrigen Baum, ließ ihre Augen über den zerfurchten Stamm und über die gewaltigen, ausladenden Äste schweifen. „Es ist niemand dort“, bestätigte sie. „Aber die Sonne ist auch noch nicht aufgegangen.“

„Ich hab’s ja gesagt: Sie taucht nicht auf. Entweder will sie uns nicht sehen oder es ist wieder einmal einer von Thantos' üblen Tricks. Jedenfalls sind wir hereingelegt worden."

Cam gab keine Antwort. Sie blickte zu dem schmalen Lichtstreifen hinüber, der sich am Horizont zeigte, nichts weiter als eine Ahnung vom Beginn der Morgendämmerung. Das zarte Rosa, atemberaubend schön, rahmte den uralten Baum ein, unter dem sie ihrer Mutter begegnen sollten.

„Schau nur, wie schön!" Cam drückte Alex' Hand.

„Wunderschön! Und hinter uns ist der Mond."

Sie blickten sich um. Am langsam heller werdenden Himmel begann der Mond zu verblassen.

„Tannennadeln", murmelte Alex plötzlich. „Und Lavendel. Riechst du das auch?" Sie schloss die Augen und atmete tief ein. „Tannennadeln, Lavendel ... und Rosmarin."

Unwillkürlich zog Cam die Schultern hoch und drückte Alex' Hand fester. Sie hatten Angst davor, sich umzuwenden und wieder zur Eiche hinüberzublicken ... denn sie wusste, dass dort jemand stand.

Doch wer? Hatte Thantos sie tatsächlich in eine Falle gelockt? Oder war ihre Mutter endlich gekommen? Cams Herz klopfte heftig.

Sie hätte es niemals offen zugegeben, aber in diesem Augenblick wäre ihr jede gefährlichere Situation weitaus lieber gewesen als diese Minuten im Park, in denen sie ihrer Mutter gegenübertreten würde.

Noch immer standen die beiden Mädchen mit dem Rücken zur Eiche, wagten nicht, sich umzudrehen und die Person anzublicken, die dort stand.

Einen Augenblick lang standen sie unbeweglich – wie erstarrt. Die Zeit schien stehen zu bleiben. Und als dieser Augenblick vorüber war, änderte sich ihr gesamtes Leben.

Kapitel 8

MIRANDA

„Artemis? Apolla?“

Die Stimme klang sanft, fast flüsternd, und es war dieselbe Stimme, die sie gehört hatten, als sich ihre Amulette zum ersten Mal ineinander gefügt hatten, dieselbe Stimme, die vor einem Monat am Telefon zu ihnen gesprochen hatte. Doch jetzt war sie so nahe, so zerbrechlich, so leicht wie eine frühe Morgenbrise, die über ihre Wangen und ihre Lippen strich.

Alex’ silbergraue Augen standen voller Tränen. Cam atmete mühsam. Ganz langsam drehten sie sich um.

Alex hatte sich eine Art Superfrau vorgestellt, eine wilde Hexe mit erstaunlichen Zauberkräften.

In Cams Vorstellung war Miranda sanft, ruhig und liebevoll, eine Frau, die dem Treffen genauso nervös entgegensah wie sie selbst.

Die fremde Frau, die jetzt vor ihnen stand, war das alles – und doch ganz anders.

Sie war das genaue Ebenbild der Zwillinge, als hätte ein Computer ein Phantombild hergestellt, das Cam und Alex so zeigte, wie sie in fünfundzwanzig Jahren aussehen würden.

Doch es waren nicht nur äußerliche Ähnlichkeiten, wie die Augen mit der schwarz umrandeten Iris, die vollen Lippen, die hohen Wangenknochen und das kastanienbraune Haar. Auch Mirandas Gefühle schienen die der Zwillinge zu spiegeln: Alles, was sie selbst fühlten – freudige Erwartung, Befürchtungen, ja sogar Angst –, sahen sie auch in Mirandas Gesicht.
In diesem Augenblick wurde Cam und Alex bewusst, dass es wirklich geschehen war. Sie war tatsächlich gekommen; vor ihnen stand eine lebendige Person. Und was auch immer sie noch herausfinden würden, trat jetzt in den Hintergrund, wurde unwichtig. Sie sahen – endlich – ihre Mutter leibhaftig vor sich. Alles andere würde sich schon ergeben.

Wenn das hier eine Filmszene wäre, schoss es Alex durch den Kopf, würden sie jetzt aufeinander zulaufen, würden sich in die Arme sinken, heftig in Tränen ausbrechen, alles vergeben und alles vergessen und würden dann gemeinsam in den Sonnenuntergang gehen, die Arme der Mutter um die Schultern der Töchter gelegt.
Aber das hier war keine Filmszene, es war das wahre Leben. Außerdem war es Sonnenaufgang und es gab nicht einmal ein Drehbuch.
Zögernd gingen die Zwillinge ein paar Schritte auf die fremde Frau zu.
Mirandas Gesichtsausdruck veränderte sich. Cam sah eine Mischung von Erstaunen und Erleichterung auf dem Gesicht der Fremden, die doch so sehr wie sie selbst aussah. Erstaunen, Erleichterung – und eine so große, alles überwältigende Freude, dass Cam und Alex furchtsam stehen blieben.

„Artemis?", fragte die Frau unsicher und blickte Camryn an. Cam schluckte und schüttelte den Kopf. „Ich bin Camr… ich bin Apolla", sagte sie heiser.
„Ich bin Artemis." Endlich konnte Alex ihrer Stimme wieder trauen. Doch ihr Mund war wie ausgetrocknet.
„Oh." Mirandas Augen glitzerten, als sie Alex forschend anblickte. „Ich dachte, vielleicht weil du weinst, dass du …" Sie lächelte, als eine plötzliche Erinnerung auftauchte. „Als ihr gerade geboren wart, ballte Artemis ständig die winzigen Fäuste und lief ganz rot an vor Wut, aber sie weinte nicht. Apolla war meistens ruhig und friedlich. Irgendwie dachte ich …"
„Ich weine nie", unterbrach Alex ihre Mutter, um sicherzustellen, dass diese Frau – Miranda – gleich alles richtig auf die Reihe kriegte.
„Aber sie wird immer noch rot vor Wut", ergänzte Cam, „während ich immer noch die Ruhige bin."
Du – die Ruhige?, widersprach Alex ihrer Schwester telepathisch. *Wer zittert und schwitzt denn jetzt wie verrückt?*
Miranda legte den Kopf ein wenig schief und ein leises Lächeln spielte um ihre Lippen.
„Hast du das hören können?", fragte Cam verblüfft.
„Es gehört zu den wenigen Gaben, die mir noch geblieben sind", erklärte Miranda leise. „Und selbst das funktioniert nur sehr … unzuverlässig."
Alex hörte, dass Miranda ihre Tränen herunterschluckte, hörte jeden einzelnen Herzschlag dieser fremden Frau und er stimmte genau mit ihrem eigenen Herzschlag überein.
„Willst du damit sagen, dass du …", begann Alex.
„… keine Zauberkräfte mehr besitzt?", fuhr Cam fort. „Du hattest sie doch früher, nicht wahr?"

„Es wird immer behauptet, Zwillinge führten gegenseitig ihre Sätze zu Ende", lächelte Miranda. „Aber das ist das erste Mal, dass ich es selbst gehört habe." Sie wurde wieder ernst und in ihren Augen und ihrer Stimme lag die Sehnsucht nach all den Jahren, in denen sie ihre Töchter nicht hatte aufwachsen sehen.

Es war, als würde eine Schleuse weit aufgerissen. Eine endlose Serie von Fragen, Hoffnungen, Befürchtungen, ja sogar Beschuldigungen flog zwischen den drei Menschen hin und her. Die Wörter stürzten im freien Fall heraus, lange eingesperrte, unendlich schmerzhafte Gefühle drängten plötzlich an die Oberfläche. Weil alle drei gleichzeitig redeten, vermischten sich die Wörter, verbanden sich, verwirrten sich; eines übertönte das andere, und wenn eine von ihnen eine Frage begann, führte sie eine andere zu Ende.

Wäre das wirre Gespräch aufgezeichnet worden, würde es sich ungefähr so anhören:

„Ich kann gar nicht glauben, dass du endlich da bist!" „Warum hast du nicht nach uns gesucht?" „Ich dachte, ich würde euch niemals wiedersehen!" „Warum hast du uns verlassen?" „Wolltest du uns nicht haben?" „Wieso hast du nicht gewusst, dass wir noch leben?" „Warst du glücklich?" „Hat sich jemand um euch gekümmert, für euch gesorgt?" „Ich habe nie aufgehört, an euch zu denken … und habe nie geglaubt, dass ich diesen Augenblick einmal erleben würde … ich hätte nie gedacht, dass ich euch finden würde …" „Ich habe mein ganzes Leben lang gewartet …"

Schließlich sagte Miranda etwas und die Wörter blieben in der Luft hängen. „Ich war überzeugt, dass ich euch umgebracht hatte." Sie begann zu weinen und plötzlich wurde ihr zerbrechlicher Körper von heftigem Schluchzen erschüttert. Sie

versuchte nicht, ihren Schmerz zu verbergen. Die Tränen stürzten aus ihren Augen und rannen über ihre Wangen.
Alex und Cam gingen schnell auf sie zu, blieben aber dicht vor ihr stehen, als fürchteten sie sich davor, Miranda zu berühren. Ihre Mutter sah ihre verzweifelten Gesichter und kämpfte ihre Tränen nieder. Sie hob fast kämpferisch das Kinn und in diesem Augenblick war es, als öffnete sich ein kleines Fenster, durch das die Zwillinge in ihr Innerstes blicken konnten. Sie sahen einen Abglanz der Frau, die ihre Mutter einmal gewesen war und die sie eines Tages wieder sein könnte – stolz und wild und doch zugleich kindlich und scheu, aber auch mütterlich und fürsorglich.
Ruhig blickte Miranda ihre Töchter an. Und zur Verblüffung der Zwillinge sagte sie plötzlich kühl und sachlich: „Ich würde euch jetzt gerne umarmen."
Cam und Alex konnten sich nicht mehr beherrschen. Weinend und lachend zugleich über diese so emotionslose Aufforderung, die fast wie ein Befehl war, warfen sie sich in die Arme ihrer Mutter. Die Erinnerung an die schlimmen Träume, verstoßene, verlorene Kinder zu sein, die sie ihre ganze Kindheit hindurch verfolgt hatten, verblasste. Miranda empfing sie mit offenen Armen und sie drückten sich aneinander.
Alex atmete tief die Düfte von Rosmarin und Lavendel ein, den herben Geruch von Tannennadeln, und auf einmal hatte sie keine Angst mehr, dass sie nie eine andere Mutter als Sara Fielding haben würde. Plötzlich schien dies nicht mehr so wichtig, denn die tiefe Liebe, die sie zu Sara empfand, wurde durch ihre Gefühle für Miranda nicht verringert.
Cam drückte sich eng an Miranda. Sie spürte, was in Alex vorging.

Und sie sehnte sich danach, etwas Ähnliches empfinden zu können.
Sie war von dieser Frau geboren worden, war einmal in ihrem Körper gewesen und ihr Herz hatte einmal im selben Rhythmus geschlagen wie das ihrer Mutter. Aber jetzt schien Cams Herz einem eigenen Willen zu folgen. Es gehörte Emily. Und während sie und Alex sich an Miranda schmiegten, wurde Cam deutlich bewusst, dass sie sich nie und niemals von Emily abwenden könne, die sie so liebevoll aufgezogen hatte. Miranda gab nicht zu erkennen, ob sie spürte, wie zerrissen Cam in ihrem Innern war. Und Cam löste sich nicht aus ihren Armen.
Sie wollten einander nie mehr loslassen. Alle drei sanken auf das taufrische Gras – erschöpft, aber über die Maßen glücklich. Miranda saß zwischen ihren Töchtern; Alex' Kopf lag an ihrer Schulter, auf dem breiten Schal, den Miranda um ihre Schultern geschlungen hatte. Cam schob ihre Hand in Mirandas Hand.
Sie stellten nur noch wenige Fragen und gaben auch nur die Antworten, die sie jetzt, in diesem Augenblick, verkraften konnten. Dafür würde später noch Zeit genug sein – den ganzen Rest ihres Lebens, wie sie hofften, um zu fragen und zu antworten und vielleicht sogar um all die Rätsel ihrer Herkunft zu verstehen.
Langsam begannen Cam und Alex zu verstehen, was Miranda damals durchgemacht hatte. An dem Tag, als sie die Zwillinge gebar, hatte sie auch von Arons Ermordung erfahren und war so völlig am Boden zerstört gewesen, dass sie Fredo DuBaers furchtbare, grausame Lüge geglaubt hatte: dass auch die neugeborenen Zwillinge tot seien. Und Thantos hatte dieser Lüge nie widersprochen. Erst vor kurzer Zeit hatte er Miranda die

wunderbare „Neuigkeit“ mitgeteilt, dass ihre beiden Töchter noch lebten, dass sie zusammen seien und dass er sogar ihren Aufenthaltsort kenne.
Miranda war überzeugt, dass Thantos das zuvor nicht gewusst hatte.
„Wie konntest du ihm nur glauben?“, warf Alex vorwurfsvoll ein. „Schließlich hatte er dich doch einsperren lassen wie eine Gefangene!“
„Nein!“, widersprach Miranda. „Er hat sich um mich gekümmert. Die Klinik, Rolling Hills … dass ich dort untergebracht wurde, hat mir wahrscheinlich das Leben gerettet.“
Alex weigerte sich, das zu glauben, und sagte es auch, aber Cam war unsicher und wusste nicht mehr, was nun wahr oder gelogen war.
Doch Miranda hatte auch etwas Merkwürdiges gesagt: „Ich war überzeugt, dass ich euch umgebracht hatte.“
Die Zwillinge waren darüber entsetzt gewesen, wagten aber nicht zu fragen, was sie damit gemeint hatte. Und Miranda erklärte es auch nicht. Diese rätselhafte Tür zu ihrem Innersten blieb geschlossen und die Zwillinge ließen es auf sich beruhen.
Miranda war erleichtert, als sie erfuhr, dass man sich um die Zwillinge gekümmert hatte, dass sie bei liebevollen Menschen aufgewachsen waren – dass sie nicht nur von den Menschen in Schutz genommen wurden, die Karsh für sie ausgesucht hatte, sondern auch von Karsh selbst. Und überrascht erfuhr sie, dass Ileana ihr Vormund war. „Meint ihr etwa Thantos' Tochter Ileana?“, fragte sie erstaunt.
Geschockt starrten die Zwillinge ihre Mutter an. Sie wussten, wie sehr die stolze Ileana den schwarzbärtigen, machtgierigen Hexer hasste. Ileana – seine Tochter! Was musste Ileana

durchgemacht und empfunden haben, als sie erfuhr, dass sie seine Tochter war!

„Thantos sagte, dass er euch eine Weile lang beobachtet hat, nachdem er herausgefunden hatte, dass ihr noch am Leben wart", fuhr Miranda fort.

Beobachtet? Er hat uns nachspioniert!, dachte Cam, unterdrückte dann aber schnell den Gedanken und hoffte, dass Miranda ihn nicht gehört hatte.

Alex hob den Kopf von Mirandas Schulter. „Hat er dir sonst noch etwas über uns erzählt?", fragte sie.

„Ja. Dass ihr eure Bestimmung akzeptiert habt."

„Welche Bestimmung?", fragte Alex verblüfft.

„Dass wir Hexen sind, meinst du?", fragte Cam.

Miranda schaute beide Mädchen nachdenklich an, mit fragendem, suchendem Blick, aber weder ihre Augen noch ihre Gedanken verrieten etwas. „Ja, dass ihr Hexen seid …", sagte sie schließlich langsam. „Das – und noch viel mehr … Ich habe gehört, dass ihr schon außerordentlich geschickt seid mit eurer Zauberkraft!"

„Hat dir das etwa Thantos erzählt?", wunderte sich Alex.

„Nein, aber er hat es bestätigt, als ich ihn fragte", erklärte Miranda. „Eure Freundin Brianna hat es mir erzählt, aber natürlich hat sie es anders ausgedrückt." Sie wandte sich an Cam. „Sie sagte, dass Apolla – natürlich nannte sie dich Camryn – so etwas wie übernatürliche Kräfte habe."

„Und was hat sie über mich gesagt?", wollte Alex wissen. „Dass ich nur einfach verrückt bin?"

„Nein, sondern dass du ihr irgendwie unheimlich bist. Gruselig. Und dass sie Gänsehaut bekommt, wenn sie dich nur sieht", verkündete Miranda stolz.

Cam senkte schnell den Kopf, damit Alex ihr Gesicht nicht

sehen konnte, aber das unterdrückte Lachen hatte Alex natürlich gehört.
„Und was wird jetzt?", fragte Alex. „Ich meine, das ist alles so ... so ..."
„Unheimlich", ergänzte Cam. „... Aber irgendwie auch erstaunlich." Plötzlich wollte sie diese Begegnung zu Ende bringen. „Musst du jetzt in die Klinik zurück?", stieß sie hervor. Und in diesem Augenblick wurde ihr klar, dass sie sich die ganze Zeit auch um andere Sorgen gemacht hatte – um Dylan und um ihre Eltern, die sie nicht verletzen wollte. Irgendwie hatte sie gehofft, dass Miranda mit ihrer Zauberkraft alles wieder in Ordnung bringen würde. Dass sie notfalls auch Dylan vor Thantos schützen würde. Diese Hoffnungen wogen schwer und jetzt musste sie feststellen, dass Miranda sich selbst kaum helfen konnte. Cam fühlte sich plötzlich erschöpft. Sie wollte nach Hause.
„Rolling Hills?" Miranda schien kurz darüber nachzudenken, doch dann schüttelte sie den Kopf. „Nein", meinte sie, „Ich hatte gedacht ..." Noch einmal schüttelte sie den Kopf und lächelte, aber es war ein trauriges Lächeln, begleitet von einem kaum hörbaren Seufzen. „Aber jetzt weiß ich endlich ..." Sie räusperte sich und versuchte, ihre Stimme unter Kontrolle zu bekommen. „Jetzt hab ich endlich mit eigenen Augen gesehen, dass ihr in Sicherheit seid und dass es euch gut geht ... Ich gehe nach Coventry Island zurück."
Alex fragte spontan: „Bringt dich Thantos dorthin? Weißt du, wir könnten nämlich ... Du könntest doch mit uns zu Cams Haus kommen und ..."
Cam wurde blass. „Das wäre super, aber jetzt gerade ist wohl nicht der richtige Zeitpunkt dafür ...", warf sie rasch ein.
Doch Miranda schüttelte den Kopf. „Nein, es ist nicht der

richtige Zeitpunkt. Für niemanden. Noch nicht." Sie zögerte. „Ich möchte zu eurem Leben gehören, aber wir ... *ich*", verbesserte sie sich schnell, „*ich* bin noch nicht bereit. Ich möchte nach Hause zurückkehren, und meine Heimat ist Coventry Island. Ich muss stark werden und meine Kraft aufbauen. Erst dann kann ich die Mutter sein, die ihr ... *verdient*." Doch eigentlich hatte sie sagen wollen: Die ihr euch *wünscht*. „Ihr braucht Zeit – wir alle brauchen Zeit."

Plötzlich lachte sie kurz auf. „Aber natürlich kann ich mir das nicht aussuchen. Euer Onkel hat mich hierher gebracht. Vielleicht hat er angenommen, dass ich hier bei euch bleiben würde. Früher hätte ich mich selbst wegzaubern können. Aber das kann ich jetzt nicht mehr ..."

„Wir könnten dir doch helfen", sagte Alex aufgeregt. „Das schaffen wir doch, Cam, nicht wahr? Du hast doch noch Beifuß und die Kristallkugel ..."

„Für den *Reisenden*?", fragte Miranda und staunte selbst darüber, dass ihr plötzlich der Name eines Zauberspruchs wieder einfiel, den sie längst vergessen hatte – und dass ihn ihre Töchter offenbar kannten und anwenden konnten. „Aber habt ihr denn schon ... die Weihen?", fragte sie verwirrt. Sie nahm ihre Patchwork-Decke in die Hände. „Den *Reisenden* kann man nur anwenden, wenn man die Weihen empfangen hat."

„Vergiss nicht, dass eine von uns übernatürliche Kräfte hat, wie Brianna sagt", grinste Alex.

„Und die andere eine gruselige Hexe ist", ergänzte Cam.

„Und dass wir beide ziemlich viele Gene im Erbgut rumschleppen", fügte Alex noch hinzu.

Miranda lachte dankbar. „Und das hier bekommt ihr jetzt endlich auch", sagte sie und reichte ihnen die Patchwork-Decke, deren Farben schon recht verblasst waren. „Ich habe sie genäht, als ich schwanger war. Sie war von Anfang an für euch bestimmt. Jedes dieser Sechsecke ist mit einem bestimmten Kraut gefüllt. Die Kräuter wirken beruhigend und sollten euch schützen. Jetzt sind sie natürlich alt und vertrocknet, vielleicht sogar zu Staub zerfallen, aber vielleicht können sie euch und mir immer noch nützen …"

Alex nahm die Decke in die Hände und verbarg ihr Gesicht in den duftenden Falten. Sie atmete tief ein.

Cam stand auf und zog unter den weit herabhängenden, dichten Ästen der alten Eiche einen Kreis in die vom Tau weiche Parkerde. Alex hatte die Patchwork-Decke unter den Arm geklemmt und markierte jetzt die vier Punkte im Kreis mit Steinen, da sie keine Kerzen hatten.

Ihre Mutter trat in den Kreis und beobachtete erfreut und beeindruckt ihre Vorbereitungen.

Schließlich streute Cam die Reste der Kräuter, die sie in ihrer Jackentasche gefunden hatte, in den Kreis und rieb leicht die Kristallkugel. Alex begann, den Zauberspruch aufzusagen.

„Warte!", unterbrach sie Cam. „Wann treffen wir uns wieder?", fragte sie ihre Mutter.

„Wann immer ihr mich braucht. Ihr könnt euch auf mich verlassen", versprach ihre Mutter.

Alex schluckte hart. „Wie sollen wir dich … nennen?", stieß sie schließlich hervor.

Nicht Mutter. Nicht Mum, dachte Cam. *Ich kann das nicht. Ich bin noch nicht so weit …*

Und Alex erging es ähnlich. Das alles war viel zu schnell gekommen.

„Warum nicht einfach Miranda?", schlug ihre Mutter vor. „Wäre das in Ordnung? Und ich will versuchen, euch nicht mehr Apolla und Artemis zu nennen. Sondern so, wie ihr jetzt heißt – Camryn und Alexandra."

„Miranda." Alex probierte den Namen aus und fügte leise und auch ein wenig schüchtern hinzu: „Ich ... wir ... ich bin froh, dass du gekommen bist ..."

Miranda lachte leise, wie über einen Gedanken, den nur sie kannte. „Es tut mir sehr Leid, dass ich mich ein wenig verspätet habe ...", sagte sie.

Alex lachte. „Nicht schlimm. Waren ja nur fünfzehn Jahre ..."

Cam stieß ihrer Schwester den Ellbogen in die Rippen. „Fang mit dem Zauberspruch an."

„Durch Luft und Wasser der Zauber wirkt fort ...", rief Alex in die kühle Morgenluft.

„... und trägt Miranda von Ort zu Ort", vollendete Cam.

Eine Brise bewegte die Äste und Blätter über ihnen. Cam sah eine Joggerin, die unten am Fuß des Hügels entlanglief, sah ihren wild flatternden Schal und den Collie, der mürrisch hinter ihr hertrabte.

Alex spürte die kühle Brise durch ihre Kleidung. Der Wind wurde stärker, raschelnd wirbelte er das feuchte Laub auf. Sie hörte das Knacken der Äste des alten Baums, dann ein weit entferntes Donnern. Schnell presste sie die Hände auf die Ohren, als das Donnern stärker und das Geräusch von aufwirbelndem Laub und Papier für ihr überempfindliches Gehör unerträglich wurden. Cam schloss die Augen.

Der Sturm tobte – und brach dann schlagartig ab.

Der Kreis, in dem Miranda gestanden hatte, war leer.

Kapitel 9

EINE DROHUNG WIRD WAHR

Als Cam und Alex zurückkamen, stand vor dem Haus der Familie Barnes ein Polizeiauto.
Auf dem Gehweg hatte sich eine kleine Gruppe versammelt. Dave redete aufgeregt mit einem der Polizisten.Eine besorgte Nachbarin und eine Polizistin versuchten, Emily zu beruhigen, die auf den Treppenstufen saß und weinte.
Miranda, dachte Alex sofort. Suchte etwa die Polizei nach ihr? War sie gar nicht aus der Klinik entlassen worden, sondern geflohen? War das hier wieder einmal einer von Thantos' üblen Tricks – ihnen einen „Vorgeschmack" von ihrer Mutter zu geben, dann die Polizei zu rufen und sie wieder einsperren zu lassen? War Miranda gar als gefährlich anzusehen, als eine Irre? Doch Alex verwarf jeden dieser Gedanken sofort wieder. Cams einziger Gedanke war *Dylan!* Und damit verjagte sie sämtliche panischen Überlegungen ihrer Schwester.
Sie ließen ihre Fahrräder einfach auf den Rasen fallen. Alex nahm Mirandas Decke. Sie rannten zum Haus.
„Sind das die beiden?", wollte der Polizist von Dave wissen.
„Ja", schrie Dave, während er Cam und Alex entgegenlief.
Emily stand zu plötzlich auf und die Polizistin musste sie stützen, als ihr schwindlig wurde.

„Alles in Ordnung? Wo wart ihr denn? Wir haben uns solche Sorgen gemacht“, fragte Dave.
„Wir … waren mit den Rädern …“, begann Alex lahm.
„… im Mariners’ Park. Was ist denn hier los?“, fragte Cam. Sie sah, dass die Polizistin und die Nachbarin Emily stützen mussten, als sie sich wieder auf die Stufen sinken ließ. „Was ist mit Mum?“
Mum. Das Wort kam so leicht heraus – und fühlte sich so richtig an. Die seltsame Frau im Park hatte sie zwar geboren, aber Emily Barnes war seit fünfzehn Jahren ihre Mutter!
„Was glaubst du denn, was mit ihr ist?“, fragte Dave wütend. „Wo ist Dylan?“
Die Zwillinge blickten einander an.
Was sagen wir jetzt? Dass er in einem Müllcontainer steckt?, fragte Cam still ihre Schwester.
Auf gar keinen Fall!, gab Alex zurück.
„Dylan“, wiederholte Dave drängend. „Wo ist er? War er mit euch zusammen?“
„Nein“, platzte Cam heraus. „Er ist wahrscheinlich in …“
„… Schwierigkeiten, wie’s aussieht?“, blockte Alex gerade noch rechtzeitig ihre Schwester ab. „Ich meine, wenn er nicht gleich auftaucht, muss man das doch annehmen, oder nicht? Äh, ich hab ihn zuletzt in seinem Zimmer gesehen …“
„Wann war das?“, mischte sich jetzt Emily ein, die, von der Polizistin gestützt, ein paar Schritte näher gekommen war.
„Gestern Abend. Bevor wir ins PITS gegangen sind.“
Und ungefähr fünf Minuten, bevor dieses Ungeheuer Thantos in unser Zimmer einbrach, ergänzte Cam in Gedanken und kämpfte mit den Tränen.
„Wirkte er verstört oder wütend?“, fragte die Polizistin.
„Nun, eigentlich …“ Alex warf Dave einen Blick zu.

„Das haben wir Ihnen schon erzählt", sagte Dave. „Wir haben ihm gestern die Leviten gelesen. Weil er die Schule geschwänzt hat, weil er zu viel Zeit vor dem Computer verbringt, weil er seine Hausaufgaben nicht macht. Es war eine Standpauke, nichts weiter. Jedenfalls nichts, was ihn zu so etwas veranlasst hätte …"

„Das Fenster in seinem Zimmer stand offen", erklärte Emily zitternd. „Ich wollte heute Früh nach ihm sehen …"

„Genau bei Sonnenaufgang", ergänzte Dave. „Nach allem, was sich gestern hier abgespielt hatte, konnte sie nämlich nicht schlafen."

„Und er war nicht da. Sein Bett war unbenützt. Das Fenster stand weit offen und die Jalousien klapperten", sagte Emily verzweifelt. „Dylans Computer war angeschaltet und der Bildschirmschoner lief – mit Snowboardfotos. Aber Dylan war nirgendwo. Da bin ich in das Zimmer der Mädchen gegangen …"

„Und die waren auch verschwunden", fuhr Dave mit einem wütenden Seitenblick auf die Zwillinge fort. „Aber wenigstens wussten wir, dass sie in ihren Betten geschlafen hatten."

„Dylans Fenster stand offen?", fragte Cam.

Emily nickte. „Sein Rucksack und seine Snowboardjacke fehlen." Ihre Augen füllten sich wieder mit Tränen. „Wir haben alle angerufen, die uns eingefallen sind. Und wenn nicht einer von seinen Freunden lügt …"

„Was wir nicht glauben", versicherte Dave der Polizistin. „Wir haben keine Ahnung, wo er sein könnte oder was er jetzt wieder angestellt haben könnte."

„Du warst also die Letzte, die ihn gesehen hat, Alexandra?", fragte der Polizist, der sich jetzt erst in das Gespräch einmischte.

„Ich bin Camryn."
„Ja", gab Alex Auskunft und presste hilflos die Patchwork-Decke an sich. „Ich glaube schon."
„Und hast du etwas beobachtet, was darauf hindeutet, dass er abhauen wollte?"
„Abhauen? Dylan? Der doch nicht", sagte Alex mit Überzeugung.
„Das habe ich ja auch schon gesagt." Emily ergriff impulsiv Alex' Hand. „Dylan ist nicht so. Er wäre niemals aus dem Fenster gestiegen." Sie blickte die Zwillinge an. „Ihr kennt ihn ja – er wäre aus der Haustür gestürmt und hätte sie hinter sich zugeschlagen, dass es kracht. Ich … ich war fast erleichtert, als ich merkte, dass ihr beide auch nicht da seid … Ich dachte, ihr wärt alle zusammen irgendwohin …"
Emily tätschelte Alex' Hand, wohl eher, um sich selbst zu beruhigen, und sagte zu Cam: „Ich wollte dich übers Handy anrufen, aber dann fand ich es in deiner Tasche in eurem Zimmer. Ich konnte kaum glauben, dass du es zu Hause gelassen hast …"
Dave fuhr sich mit der Hand durch die dichten dunklen Locken. „… und dass du uns nicht wenigstens einen Zettel hingelegt hast", fügte er vorwurfsvoll hinzu und blickte die Zwillinge streng an. „Wisst ihr nicht doch etwas? Habt ihr denn gar keine Ahnung oder eine Vorahnung oder was auch immer, wo Dylan sein könnte?"

Cam konnte die Bilder nicht verdrängen, die Thantos so lebensecht in ihrer Vorstellung erzeugt hatte. Als Dave und Emily mit den Polizisten ins Haus gingen, konzentrierte sie sich auf die Szene im Müllcontainer. Der Container stand offenbar hinter einem Laden oder einem Einkaufszentrum. Sie konnte sogar eine Aufschrift auf dem Container lesen. *The Cand…* stand dort in halb verwischten und verblassten Buchstaben. *The Cand… on…*

Ich hab's!, hörte sie Alex' Aufschrei, allerdings nur in Gedanken. *The Candle Connection* heißt es!

„Ja, natürlich!", rief Cam laut.

The Candle Connection war ein Laden, in dem man Kerzen jeder Größe, Farbe und Duftrichtung kaufen konnte, die es auf der Welt gab. Riesige Säulenkerzen, blütenförmige Kerzen, die in Wasserschalen trieben, Bienenwachskerzen, kugelförmige, quadratische, dreieckige Kerzen, pyramiden- oder tierförmige Kerzen, Teelichter, schwarze, goldene, silberne, transparente Kerzen … Außerdem fand man dort Duft- und Kräuterkissen, Duftöle, Badesalze. Das Geschäft gehörte zu einer Ladenkette und allein im Umkreis von zehn Meilen um Marble Bay gab es acht dieser Läden. Nur Hamburger-Restaurants hatten mehr Filialen. Und einer der Kerzenläden befand sich mitten in der Stadt.

„Können wir verduften, solange die Polizei noch im Haus ist?", fragte Cam ihre Schwester.

„Denken wir mal nach", sagte Alex und wiegte ihren Kopf bedächtig hin und her. „Heute ist Sonntag. Da wird kein Müll abgeholt. Morgen ist Montag. Ich glaube, wir können ihn im Müll stecken lassen bis morgen Früh. Das dürfte reichen, um seinen Schweißgeruch zu überdecken. Müssen halt schauen, dass wir rechtzeitig vor dem Müllwagen …"

„Okay, okay. Ich hab's schon kapiert." Cam hatte noch lebhaft die riesigen Eisenzähne in Erinnerung, die sich über den Container gesenkt hatten, in dem Dylan gefangen war. „Los, wir fahren."

Sie wollten gerade ihre Fahrräder aufheben, die noch immer im Rasen neben dem Gehweg lagen, als zwei Dinge gleichzeitig geschahen – und ihren Plan über den Haufen warfen.
Erstens hielt Jason Weissman vor dem Haus an. Der große, dunkelhaarige Jason stand total auf Cam. Früher hatte er im PITS als Kellner gearbeitet und dort hatte er auch Cam kennen gelernt. Vor ein paar Minuten war er zufällig am Haus vorbeigekommen, hatte den Streifenwagen und die kleine Ansammlung offensichtlich aufgeregter Menschen gesehen und hatte sich nach kurzer Überlegung doch dazu entschlossen anzuhalten.
„Was ist los bei euch?", erkundigte er sich besorgt.
Cam antwortete nicht darauf, sondern fragte Jason, ob er nicht Lust hätte, sie und Alex in die Stadt zu fahren.
Alex verdrehte die Augen. Jason würde sie sogar zum Mond und zurückfahren, wenn ihm Cam diese Ehre zuteil werden ließe.
Doch noch etwas war geschehen: Als sie ihre Fahrräder aufheben wollten, schalteten Alex' außergewöhnliche Gehör- und Geruchssinne plötzlich auf Alarmstufe. Zuerst glaubte sie, dass der intensive bitterscharfe Geruch von der Patchwork-Decke ausging, die sie über die Schulter geworfen hatte. Aber dann wurde ihr klar, dass der Geruch von den Büschen kam, die das Grundstück der Barnes' vom Nachbargarten trennten – der Geruch von Jasmin … und unverkennbar – von Angst.
„Ach so – wahrscheinlich ist es besser, wenn wir den Eltern sagen, dass wir wegfahren", meinte Cam gerade. „Sonst drehen sie noch total durch."
„Kein Problem. Du fährst mit Jason. Ich bleibe hier und sag ihnen, dass alles geritzt ist."

„Was ist los?“, fragte Cam misstrauisch.
„Ich bin geschafft“, gab Alex zu. „Aber bevor du gehst, solltest du mal – *ganz unauffällig*! – deine kleinen Adleraugen auf die Büsche dort drüben richten. Wer versteckt sich dort? Verdammt! *Unauffällig*, hab ich gesagt!“
Doch Cam war schon herumgewirbelt und starrte angestrengt in die Büsche.
„Mann, du bist doch nicht *blond*, oder?“, stöhnte Alex und verdrehte die Augen. „Das war ja wirklich *sehr* unauffällig!“
Aber Cam achtete nicht auf sie. *Ein Mädchen,* ihre Gedanken an Alex überschlugen sich. *Das Mädchen, das neulich so total fertig in die Schule kam …*
„Kenya Carson?“, flüsterte Alex. „Ist das nicht das Mädel, über das deine Clique im PITS tratschte? Die geht doch in Dylans Klasse, stimmt's?“
Was hat sie hier zu suchen?, wunderte sich Cam. *Und warum versteckt sie sich?*

Kapitel 10

VERSTECKSPIEL

Das Mädchen, das vor Alex stand, schien ein ganz anderes zu sein als die Snowboarderin in den hippen Klamotten, die ab und zu mit Dylan und seinem Freund Robbie Meeks im Freestyle über die Hänge bretterte.

Kenya knabberte an ihren Fingernägeln und ihre braunen Augen zuckten unablässig hin und her. Vor einer Woche war sie mit blauen Flecken in der Schule aufgetaucht; einer Freundin hatte sie erzählt, sie habe sich beim Snowboarden ein blaues Auge und eine Wunde am Knie geholt und außerdem sei eine Zahnecke abgebrochen. Einer anderen Freundin hatte sie weismachen wollen, sie sei zu Hause auf der Treppe ausgerutscht und hinuntergestürzt.

Auch heute hatte sie Probleme, die Dinge auf die Reihe zu kriegen. Immerhin hatten sich die Blutergüsse aufgehellt und würden bald völlig verschwunden sein. Kenya selbst wirkte auch weniger nervös.

Sie behauptete, sie habe nur Dylan besuchen wollen. Aber sie sei durchgedreht, als sie die Polizeistreife vor dem Haus gesehen habe. Und sie wisse auch nicht, warum sie sich in den Büschen versteckt hatte. Das sei eben „irgendwie passiert“.

Schon möglich, dachte Alex, der wieder einfiel, was Kristen

über Kindesmisshandlung gesagt hatte. Die Bullen hätten nur ihre Blutergüsse sehen müssen und wären mit Blaulicht losgerast, um ihre Eltern auf der Stelle wegen Kindesmisshandlung einzubuchten. Was Kenya da sagte, klang also ziemlich plausibel.

Aber Alex' Alarmsystem schaltete sich ein, als sie Kenyas dumme Antworten auf ihre Frage hörte, warum sie denn Dylan besuchen wollte. Sie brachte alle möglichen Erklärungen vor, von „Ich weiß nicht mehr" über „Ich wollte ein Buch von ihm ausleihen" bis hin zu „Ich wollte ihn fragen, ob er mir bei den Hausaufgaben helfen kann". Das heftig zitternde Mädchen schaffte es nicht, Alex in die Augen zu blicken und sie gleichzeitig anzulügen.

„Versuch's noch mal, Kenya", sagte Alex großmütig.

„Okay, okay. Ich wollte ihn noch treffen, bevor ..." Kenya brach ab und ging vom Nägelknabbern zum Lippenkauen über. „Nicht *bevor*", verbesserte sie sich hastig, „sondern, ich meine, ich wollte kurz mit ihm reden, verstehst du?"

„Nö", gab Alex zu. „Ich versteh überhaupt gar nichts." Sie legte den Kopf schief und konzentrierte sich darauf zu hören, was Kenya dachte.

Doch in Kenyas Verstand herrschte ein einziges Chaos, ein wildes Durcheinander von Befürchtungen, Ängsten, Ausreden, Fragen – und Schmerzen. Alex fiel es sehr schwer, aus dem hysterischen Denksalat wenigstens ein paar halbwegs klare Gedanken herauszufiltern. Aber sie fing tatsächlich einen ganzen, zusammenhängenden Satz auf: *Wieso glauben die denn alle, dass mir meine Eltern so etwas antun würden?*

Doch dann wurde Alex' Konzentration durch ein seltsames klapperndes Geräusch unterbrochen.

Sie blickte zum Streifenwagen hinüber. Hatten die Bullen ein

Notebook im Polizeiwagen? Oder benutzten sie einen Palm-Organiser? Aber die Bullen waren doch noch gar nicht im Auto, sie saßen noch mit Dylans panisch verängstigten Eltern im Haus.

Sie warf einen Blick zu Dylans Fenster hinauf und erwartete fast, den Blondschopf an seinem Schreibtisch über die PC-Tastatur gebeugt zu sehen. Aber Dylan war ja seit heute Morgen verschwunden. Als vermisst gemeldet. Und steckte wahrscheinlich weit tiefer im Schlamassel, als sich Emily oder Dave je träumen ließen.

Aber wer hämmerte da auf einer Tastatur herum? Und wo?

„Hörst du das?", fragte sie Kenya.

„Was?", fragte sie verständnislos.

„Ein Computer", sagte Alex. „Jemand sitzt vor einem Computer und ..."

Kenyas Gesicht war aschfahl geworden. „Das hat er dir gesagt?", schrie sie, halb weinend. „Verdammt – ich kann's nicht glauben!"

„Wer hat mir was gesagt?", fragte Alex verblüfft.

Aber Kenya wandte sich abrupt um und rannte davon – trotz Knieverband, zugeschwollenem Auge und blauen Flecken – mit bemerkenswerter Schnelligkeit und ohne ein weiteres Wort.

Alex zuckte die Schultern und hoffte nur, dass Cam mehr Glück hatte.

Doch das war nicht der Fall.

Cam und Jason fuhren kreuz und quer durch Marble Bay. Sie hatten bereits drei verschiedene Filialen des Kerzenladens aufgesucht und bei keiner einzigen einen Müllcontainer ge-

funden, der dem geglichen hätte, den Thantos den Zwillingen in der Vision vorgeführt hatte.
„Ich schnall das nicht“, erklärte Jason nach dem dritten Versuch. „Ich kapier zwar, dass du irgendwie irre Ahnungen hast. Und du hast behauptet, dass dein Bruder einen Müllcontainer erwähnt hat. Aber woher weißt du, dass es zum Beispiel nicht der grüne ist, den wir hinter dem Kerzenladen in der Pierce Street gesehen haben?“
„Äh, weil …“, begann Cam und überlegte fieberhaft, wie sie ihm das erklären sollte. „Der war aus … Plastik“, murmelte sie schließlich ziemlich lahm, als sie hinter der Kerzenfiliale in einem Einkaufszentrum außerhalb von Salem anhielten.
Cam sagte zwar nicht, dass sie eine Art umgekehrtes „Heiß-Kalt“-Spiel trieb, aber es lief darauf hinaus. Denn bei den bisherigen drei Versuchen hatte sie eine dumpfe Wärme verspürt, aber als sie sich jetzt dem vierten Kerzenladen näherten, fühlten sich ihre Hände und Füße seltsam kalt an. Und als sie in den Parkplatz an der Rückseite des Gebäudes einbogen, jagten Kälteschauer über ihren Körper.
„H-hier i-ist es“, stotterte sie mühsam.
„Wo?“, fragte Jason verblüfft und blickte sich auf dem Parkplatz um.
„Wir müssen schon dran vorbeigefahren sein“, erklärte sie dem verwirrten Jungen. „Fahr mal ein Stück zurück.“
Jason wendete und fuhr in die Richtung zurück, aus der sie gekommen waren.
„Dort drüben!“, rief Cam aufgeregt. Sie fror jetzt so sehr, dass sie die Jacke dicht um sich zog. Sie starrte mit ihrem Hexenblick durch einen hohen Kistenstapel hindurch einen grauen Metallcontainer an, der dahinter stand. „Dort drüben!“, wiederholte sie. „Und dort ist ja auch der Kerzenladen.“

Jason konnte zwar die Leuchtreklame des *Candle Connection* sehen, aber nicht den Müllcontainer, einen schweren Eisenkasten mit halb verwischter Aufschrift. Kopfschüttelnd folgte er Cams Anweisungen und parkte in der Nähe eines Areals, auf dem offenbar Abfall und Müll gelagert wurden, und kratzte sich verwundert am Kopf, als Cam aus dem Auto sprang und wie eine Slalomläuferin zwischen den Abfällen, Kisten, Schachteln und Containern hindurchraste.

Zitternd vor Kälte kletterte Cam auf einen Berg von Abfällen, der sich direkt neben dem Container auftürmte. Von oben konnte sie in den Metallkasten hinunterblicken. Zuerst sah sie nichts Besonderes: große grüne Abfallsäcke zwischen Styroporresten, Flaschen, Kartons, Geschenkpapier und Verpackungen. Fast erleichtert wollte sie sich abwenden, als ihr ein Glitzern auffiel. Sie zoomte ihren Superblick auf einen winzigen glänzenden Gegenstand, der zwischen einem Plastiksack und einem zerdrückten Karton steckte. Dylans Ohrring.

Ihr Herzschlag setzte aus. War sie zu spät gekommen? War ihr Bruder vielleicht sogar schon von den gewaltigen Eisenzähnen des Müllwagens zermalmt worden? Und auf einer Müllhalde entsorgt worden?

Hektisch kletterte Cam in den Container und wühlte sich durch den Müll, um Dylans Ohrring zu holen.

„Cam, alles in Ordnung? Er ist nicht da, stimmnt's?“, rief Jason atemlos. Er war hinter Cam hergesprintet, sobald sie aus seinem Sichtfeld verschwunden war. „Camryn, sag was!“

„Nein, er ist nicht da“, sagte sie und kletterte aus dem Container. Als sie oben auf dem Rand stand, hielt sie den Ohrring in die Höhe. „Aber er *war* da.“

Jason setzte sie zu Hause ab.
Alex stand in der Küche und goss Tee auf. „Für Emily", erklärte sie. „Sie ist fix und fertig." Sie blickte ihre Schwester neugierig an. „Und? Was gibt's Neues?"
Cam bemerkte, dass Alex Mirandas Decke umgehängt hatte. „Ist nur einfach ein wunderbares Gefühl", erklärte Alex, als sie Cams Blick sah. „Aus Kenya hab ich nicht viel herausbekommen. Sie ist absolut durchgeknallt. Ich hab dann nur einmal zufällig das Wort *Computer* erwähnt, und sie ist – puff – wie ein Blitz verschwunden. Cam – was ist los?"
Cam zeigte ihr Dylans Ohrring.
Alex warf den Teebeutel in den Ausguss und lief zu ihrer Schwester. „Wo hast du ihn gefunden?"
„Er lag im Container, Alex." Cam zitterte heftig, aber nicht mehr vor Kälte. „Der Container, den uns Thantos gezeigt hat."
Alex nahm die duftende schwere Decke von den Schultern und legte sie ihrer Schwester um. „Komm, wir gehen nach oben", sagte sie sanft, aber bestimmt.
Diese schockierende Neuigkeit konnten sie Dave und Emily jetzt nicht mitteilen. Auch nicht der Polizei. Denn das war nicht nur seltsam, sondern unheimlich, und würde nur noch weitere Fragen provozieren. Außerdem war Cam ja überzeugt, dass es für den Seelenfrieden ihrer Adoptiveltern sehr viel besser war, wenn sie nichts von den Zauberkräften der Zwillinge erfuhren. Jetzt mussten sie Dylan eben allein finden und retten, bevor es zu spät war.
Wenn es nicht schon zu spät war.
„Wir brauchen Hilfe", sagte Cam. „Wir müssen Dylan finden. Wir *müssen*!" Sie stiegen die Treppe hinauf. Unter der Decke kehrte allmählich wieder Wärme in Cams Körper zurück und

ihre panische Angst ließ ein wenig nach. „Irgendwelche Vorschläge?"
„Notruf an Karsh und Ileana. Wieder einmal. Sie werden platzen vor Genugtuung, dass wir sie schon wieder brauchen."
Cam seufzte. „Also gut: Rufen wir das Coventry-Einsatzkommando."

Kapitel 11

DUNKLE ERINNERUNGEN

Es gab so viel aufzuschreiben. Seine knochigen Beine stießen gegen die Schreibtischschublade. Karsh saß tief gebeugt über seinem Notizbuch und schrieb, als hinge sein Leben davon ab. Er presste die Feder auf das Papier, als müsste er es gewaltsam niederhalten, als müsste er schnell noch die Wörter hineinzwingen, bevor es sich für alle Zeiten schloss. Er schrieb und schrieb und schrieb und füllte so schnell wie möglich eine Seite nach der anderen mit seiner engen, präzisen Handschrift.

Karsh war dabei, eine Sicherheitskopie anzufertigen – von allem, was er wusste. Alles musste er zu Papier bringen. Nur war es in diesem Fall Pergament.

Er hatte eigentlich gehofft, dass er die Familiengeheimnisse persönlich enthüllen könne, wenn er sie schon enthüllen musste. Er wollte vermeiden, dass Ileana die ganze Wahrheit noch einmal so brutal erfahren würde, wie sie hatte erfahren müssen, dass Thantos ihr Vater war. Die Seiten, die Karsh jetzt füllte, würden ihr ganzes Leben beeinflussen – und Camryns und Alexandras. Denn sie enthielten nichts Geringeres als ihre Schicksale.

Aber war es denn wirklich dringender, die Vergangenheit auf-

zuzeichnen, anstatt sich mit der Gegenwart zu beschäftigen? Camryn und Alexandra hatten um Hilfe gerufen.
Natürlich hatte Karsh den Hilferuf gehört, aber er konnte nicht zu ihnen gehen, jetzt nicht, wo ihm nur noch so wenig Zeit blieb. Aber vielleicht konnte er herausfinden, wo sich Dylan befand, wenn er seine Steine benutzte. Widerwillig legte er den Füllhalter weg und sammelte die Zaubersteine auf, die noch immer auf dem Boden verstreut lagen.
Doch zu seinem Entsetzen musste der alte Hexer feststellen, dass der fünfte Stein fehlte, das afrikanische Tigerauge. Intuitiv spürte er, dass Tsuris ihn gestohlen haben musste. Vielleicht war sogar noch Ileanas Bild darauf eingeprägt. Krash schüttelte sich, wenn er nur daran dachte, was Fredos brutale Söhne damit anstellen würden.
Hastig legte er die übrigen Steine in der richtigen Ordnung an. Als Ersatz für das Tigerauge legte er einen Rohtopas in die Mitte. Dann machte er sich daran, Dylan zu suchen.
Auf der schimmernden Oberfläche des Steines erschien das Bild des blonden Jungen. Er war allein im Wald – verirrt und verloren. Dylan hinkte. Karshs Kopf schmerzte noch immer von dem harten Fall auf den Boden, aber mit übermenschlicher Anstrengung zwang er sich, den Blick auf die Flora und Fauna zu konzentrieren, die um den verletzten Jungen herum zu sehen waren. Er schloss eine Möglichkeit nach der anderen aus, wobei er immer wieder seine botanischen Lehrbücher zu Rate zog, und engte schließlich das Gebiet auf den Umkreis von Neuengland ein. Am Schluss ergab sich – teilweise auf Grund seiner geografischen Kenntnisse, teilweise auf Grund seiner Intuition –, dass Dylan in der Nähe von Salem sein musste, dem Ort, an dem so viele seiner Ahnen begraben lagen.

Karsh schauderte, als er an einen seiner Ahnen dachte, über den er zuvor in sein Notizbuch geschrieben hatte: den jungen Heiler Abigail Antayus, der von einem eifersüchtigen jungen Hexer der Hexerei beschuldigt und angezeigt worden war. Sie hatten ihn geholt und an einer Eiche aufgeknüpft, die auf einem Hügel stand, der jetzt Mariner's Park genannt wurde.

Karsh lehnte sich zurück, um Atem zu schöpfen, bevor er mit den Zwillingen Kontakt aufnahm. Sein Blick fiel auf das Notizbuch mit den Pergamentblättern. Ein unangenehmer Gedanke drängte sich auf. Was war, wenn seine Zeit ablief, bevor er Ileana alles erklärt hatte, was sie wissen musste? Was, wenn sie gar nicht dazu kam, alles zu lesen, was er aufgeschrieben hatte?

Aber nein – er kannte sie zu gut. Und er würde schon irgendwie dafür sorgen, dass sie das Notizbuch fand. Sie und niemand sonst.

Der Gedanke beruhigte Karsh; er fühlte sich ein wenig erleichtert und befreit. Die Last, so viele Geheimnisse mit sich herumgeschleppt zu haben, hatte ihn doch stärker bedrückt, als er geahnt hatte.

Ein Klopfen an der Tür ließ ihn zusammenzucken, obwohl es ein sanftes, leises Klopfen war, das keinesfalls von Tsuris und Vey kommen konnte und auch nicht von der impulsiven Ileana. Karsh runzelte die Stirn. Er erwartete keinen Besuch und außerdem war er mit dem Schreiben noch nicht fertig. Verärgert schob er den Stuhl zurück, zog ein Buch aus dem Bücherschrank und versteckte das Notizbuch im hohlen Inneren des Buches. Dann stellte er es schnell wieder in das Regal zurück.

Wieder klopfte es. Karsh ging zur Haustür und zögerte. Ein leichter Duft von Lavendel stieg ihm in die Nase.

Sein Sturz musste seinen Verstand getrübt haben, denn plötzlich glaubte er, dass eine Frau vor seiner Tür stand, die dort unmöglich stehen konnte. Er musste träumen!
Er öffnete die Tür. Sein Gesicht erstarrte. Wilde, unzusammenhängende Bilder wirbelten durch seinen Kopf. Er sah Camryn oder Alex ... viele Jahre später. Oder war es der Geist eines Menschen, den er einmal gekannt hatte?
Diese Augen, deren silbergraue Iris kohlschwarz umrandet war, hatte er so oft schon gesehen. Sie waren auf ihn gerichtet, suchend, fast flehend. Ihr Haar war zu einem langen Zopf geflochten, und er erinnerte sich an die kastanienbraune Pracht, in die sich jetzt graue Strähnen mischten.
Doch erst, als sie die Hand ausstreckte, ihn leicht am Arm berührte und sanft seinen Namen flüsterte, wusste er, dass er nicht träumte, dass er nicht in die Zukunft blickte und dass die Gestalt keine Erscheinung aus der Vergangenheit war. Hier und jetzt stand Miranda vor ihm, lebendig und wirklich, Miranda DuBaer. Die so lange vermisst gewesen war. Die für tot gehalten worden war. Sie war wieder da.
Karsh konnte nicht mehr sprechen. Sie trat näher und sie umarmten sich. Karsh schloss die Augen, drückte ihren Kopf gegen seine Wange und atmete tief ihren Duft ein. Ein Duft von wunderbarem Lavendel, frischem Rosmarin und kühlen Tannennadeln. Tränen traten in seine Augen. „Oh, mein Kind“, flüsterte er. „Oh, meine liebe Miranda.“

„Der Raum sieht genau so aus, wie ich ihn in Erinnerung habe.“ Miranda hatte sich auf Karshs bequemer, aber ziemlich zerschlissener Couch niedergelassen und blickte sich um. „Als ob die Zeit stillstände ...“

Karsh setzte sich neben sie und nahm ihre Hände, deren Haut noch immer straff war, in seine zerfurchten, vom Alter und Wetter gegerbten Hände. „Ja, als ob …“, wiederholte er ihre Worte und starrte sie ungläubig an. Doch seine Fassungslosigkeit verwandelte sich allmählich in Erleichterung und Freude.

„Was ist mit dir geschehen?“, fragte Miranda und berührte leicht die dunkelrot angeschwollene Stelle an seiner Stirn.

Karsh zuckte schmerzhaft zurück.

„Das muss erst vor kurzem passiert sein“, stellte Miranda sachlich fest. „Es schmerzt noch sehr.“

Tsuris hatte Karsh zu Boden gestoßen und Karshs Kopf war hart aufgeschlagen. Die Stelle war angeschwollen und schon die leiseste Berührung verursachte ihm große Schmerzen. Karsh vermutete, dass die Prellung auch der Grund dafür war, dass immer wieder alles vor seinen Augen verschwamm und dass er häufig kurze Black-outs hatte. Normalerweise hätte er schon längst einen Arzt aufgesucht, aber er durfte jetzt keine Zeit verlieren.

„Nur ein Bluterguss“, sagte er beruhigend. „Es gibt andere Wunden, die viel tiefer sind und die zuerst geheilt werden müssen.“

Mirandas Augen sprühten vor Freude, als sie ihm endlich auf seine stumme Frage antwortete. „Ich habe sie getroffen. Meine Töchter. Apolla und Artemis.“

Ein warmes Lächeln glitt über Karshs Gesicht. „Dann weißt du also, was für wunderbare, schöne Mädchen sie geworden sind.“ Fast sofort bedauerte er seine Worte. Musste Miranda sie nicht missverstehen? Dass sich die Zwillinge *ohne* ihre Mutter prächtig entwickelt hatten?

„Nein, das denke ich nicht“, antwortete sie, weil sie seine

Gedanken gehört hatte – offenbar eine der wenigen Kräfte, die sie nicht verloren hatte. „Ich bin so stolz auf sie! Und so dankbar für alles, was du für sie getan hast. Das war bestimmt nicht einfach für dich."

Karsh wollte gerade erklären, dass auch Ileana großen Anteil daran gehabt habe, aber in diesem Augenblick legte Miranda ihren Kopf ein wenig schief. Die unbewusste Geste erinnerte ihn sofort wieder daran, wie übermütig sie früher oft gewesen war.

„Ich wette, dass Artemis – hm, Alexandra – manchmal ziemlich schwierig sein kann!", unterbrach Miranda seine Gedanken.

„Schlägt ihrer Mutter nach", stimmte Karsh zu und lächelte verschmitzt. Aber dann gab es für ihn kein Halten mehr. Er platzte heraus: „Meine liebe Miranda! Was ist geschehen? Wir dachten, du seist ums Leben gekommen!"

„Das habe ich mir manchmal selbst gewünscht, tagelang, monatelang", gestand Miranda. „Mein Aron ermordet. Unsere Kinder verschwunden …"

Karsh fasste sie sanft am Kinn und hob ihr Gesicht. „Woran kannst du dich erinnern?"

„Da ist nicht viel. Wie ich mich freute, als die Zwillinge geboren waren – und dann kamst du herein und erzähltest, dass Aron tot war."

„Und nichts weiter?", drängte Karsh.

„Ich glaube, Fredo redete noch mit mir, als du wieder weggegangen warst. Es ist alles so lange her. Ich kann nicht mehr unterscheiden, woran ich mich erinnere und was mir später erzählt wurde." Sie blickte ihn flehend an. „Erzähle es mir."

Karsh seufzte tief und rief die Vergangenheit zurück. „Du legst mir die Babys in die Arme und bittest, dass ich mich eine

Zeit lang um sie kümmere. Du bist außer dir, wie wild vor Angst und Trauer. Du willst einen Augenblick allein sein. Ich weiß, dass ich dich in diesem entsetzlichen Zustand nicht allein lassen sollte, aber ich gehe trotzdem hinaus." Er seufzte wieder. „Nach einer Weile gehe ich ins Haus zurück. Du bist verschwunden, Miranda. Einfach weg. Wir suchen überall nach dir, überall auf Coventry. Aus Tagen werden Wochen, aus Wochen Monate … Ich versuche, für die Babys Pflegeeltern zu finden, einen sicheren Hafen …" Seine Stimme verklang.

„Ich wünschte, ich könnte die dunklen Stellen ausfüllen. Aber ich weiß nichts darüber", gestand Miranda leise.

„Aber irgendwann", drängte Karsh, „irgendwann musst du dich doch daran erinnert haben, dass du eine Heimat hattest, ein Haus, eine Familie. Warum hast du niemals versucht, Kontakt mit uns aufzunehmen? So viele Jahre …"

Ihre Augen füllten sich mit Tränen. Sie schüttelte hilflos den Kopf. „Es gibt so viel zu erklären, mein alter Freund. Und so viel zu erfahren. Haben wir Zeit dazu?"

Sie war schon immer außerordentlich einfühlsam gewesen, dachte Karsh. Er sprang auf. „Sicherlich bist du hungrig. Ich mache uns etwas zu essen. Und Tee." An der Tür wandte er sich noch einmal um, als wolle er sich vergewissern, dass sie wirklich hier war, als könne er noch immer seinen Augen nicht trauen. „Miranda", versicherte er ihr, „wir haben so viel Zeit, wie wir brauchen."

Und so sprachen sie miteinander, redeten ernsthaft und aufrichtig, bedauerten all die verlorenen Jahre, doch sie waren voller Freude, dass endlich eine neue Zeit gekommen war. Sie sprachen bis in den Abend hinein.

Obwohl ihr Thantos schon manches erzählt hatte, wollte Miranda von Karsh selbst, dem erhabenen Zauberer, hören, wie es ihren Kindern wirklich ergangen war. Denn Karsh war das älteste noch lebende Mitglied des Antayus-Clans. Und Karsh führte sie behutsam durch die verlorenen Jahre, erzählte ihr voller Stolz, was die Zwillinge bereits vollbracht hatten, schilderte, welche gewaltigen Zauberkräfte in ihnen schlummerten und allmählich sichtbar wurden. Und er war sehr stolz darauf, dass sie sich zu so ungewöhnlichen Menschen entwickelten – lebhaft, stark, lustig, liebevoll, treu und hilfsbereit gegenüber allen, die ihrer besonderen Kräfte bedurften.

Miranda fiel es sehr viel schwerer zu erklären, was sich in den vergangenen Jahren zugetragen hatte. Man hatte ihr gesagt, dass sie verrückt geworden sei, dann völlig teilnahmslos, als sei sie in eine Art Koma gefallen …

„Wer hat dir das gesagt?“, fragte Kash und spürte gleichzeitig ein Unbehagen, eine unbestimmte Übelkeit in sich aufsteigen, weil ihm klar wurde, dass es nur Thantos gewesen sein konnte, der Miranda diese falschen Gedanken eingepflanzt hatte. „Also wusste er, wusste es all die langen Jahre, dass du noch am Leben warst.“

„Er sagte, die Babys seien … verschwunden“, fuhr Miranda fort.

„Er sagte, sie seien tot?“ Erst jetzt klang Karshs Stimme wirklich ungläubig. „Wie konnte er es wagen …“

Doch Miranda schüttelte den Kopf. „So hat er es nicht formuliert“, sagte sie. „Er behauptete, man habe sie gestohlen, weggebracht. Er sagte, dass er sie suchen und finden würde, und wenn es das Letzte sei, was er in seinem Leben zu Stande brächte.“

Und das stimmte, aber das konnte sie nicht wissen, dachte Karsh bitter.

„Die Jahre vergingen und er fand keine Spur von ihnen", sagte Miranda. „Irgendwann begann ich, das Unvermeidliche zu akzeptieren. Ich fing an, es zu glauben. Ich hatte Nervenzusammenbrüche. Ich verlor meine Zauberkraft … und das meiste davon habe ich für immer verloren."

Der Ausdruck in Mirandas Gesicht hielt Karsh davon ab, ihr die harte Wahrheit zu sagen. Er wandte sich ab, sodass es ihr nicht mehr so leicht fiel, in seine Gedanken einzudringen. Denn Karsh war überzeugt, dass Thantos – dem sie offensichtlich vertraute – sie jahrelang angelogen und das ganze Lügengebäude fünfzehn Jahre lang aufrechterhalten hatte. Natürlich hatte Thantos versucht, die Zwillinge aufzuspüren! Sie zu locken, auszutricksen, sie glauben zu machen, dass er es nur gut mit ihnen meinte. Er hatte versucht, sie von allem zu entfremden, für das sich ihr Vater immer eingesetzt hatte. Miranda war Thantos' Lockvogel gewesen.

Karsh dachte an Ileana, die felsenfest überzeugt war: Wenn es Thantos nicht gelang, die Zwillinge auf seine Seite zu zwingen, sie zu seinen Gefolgsleuten und Vertrauten zu machen, würde er sie irgendwann töten lassen. Karsh war sich da nicht so sicher gewesen. Jetzt jedoch glaubte auch er daran.

Doch nun war nicht der richtige Zeitpunkt, diese Gedanken Miranda anzuvertrauen. Nicht, solange sie noch so schwach war, so unsicher über ihre Vergangenheit. Nicht, solange sie die mächtigen Zauberkräfte nicht zurückbekam, die ihr bei ihrer Geburt verliehen worden waren. Im Augenblick, davon war Karsh überzeugt, war es besser, wenn sie weiterhin das glaubte, was sie all die Jahre geglaubt hatte.

Er zwang sich, etwas Ermutigendes zu sagen. Er nahm ihre Hände und blickte ihr in die Augen. „Du bist im richtigen Augenblick zurückgekommen, Miranda. Deine Kinder werden sich bald auf die Weihe vorbereiten. Sie brauchen ihre wahre Mutter."

Miranda schüttelte traurig den Kopf. „Nein. Ich bin noch nicht bereit dazu. Ich kann es nicht."

„Deine Kraft wird zurückkehren", versprach ihr Karsh. „Du kannst fest darauf bauen."

„Und bis das der Fall ist ...", begann Miranda und hob ihr Gesicht mit derselben herausfordernden Bewegung, die er auch bei Alexandra so oft beobachtet hatte. „Bis das der Fall ist, bin ich eine unfähige Mutter. Solange bis sie mir vertrauen können – und bis ich mir selbst vertraue. Deshalb bitte ich dich, sie weiter zu beschützen, ihr Vormund zu sein."

Karsh schürzte die Lippen. Wenigstens in dieser Hinsicht konnte er völlig aufrichtig sein. „Ich habe sie nicht beschützt und ich bin auch nicht ihr Vormund. Diese Aufgabe wurde von ..."

Die Tür flog krachend auf. „Ihr treuloser alter Narr!" Wie eine Furie stürmte sie in den Raum und das Cape bauschte sich hinter ihr, als reite sie durch einen Sturm. Ihr Gesicht war rot vor Wut. „Karsh!", brüllte sie, völlig außer sich. „Meine Wohnung ist ein einziger Trümmerhaufen! Habt Ihr denn gar nicht darauf aufgepasst? Wie konntet Ihr das nur zulassen!?"

Karsh wandte sich an Miranda. „Darf ich dir Ileana vorstellen, die wahre Beschützerin deiner Töchter?"

Jetzt erst bemerkte Ileana, dass noch jemand im Raum war. Sie erkannte Miranda sofort. Sie sank auf die Knie und hob die Hände zum Gesicht. „Miranda!" Schlagartig verflog die heiße Wut der wilden jungen Hexe. Und sie sah die schmale Frau neben Karsh nur noch verschwommen, denn ein Tränenvorhang hatte sich über ihre Augen gesenkt.

Kapitel 12

DYLANS ERMITTLUNGEN

„Okay. Überlegen wir noch mal. Was wissen wir?“, fragte Alex, während sie unruhig im Zimmer der Zwillinge hin und her ging.

Nur verstohlen blickte sie zu ihrer Schwester hinüber, die niedergeschlagen gegen eine Kommode lehnte und düster den Ohrring in ihrer Hand anstarrte.

„Dass wir ganz allein sind“, murmelte Cam, ohne aufzublicken. „Es ist schon schlimm genug, dass uns Karsh und Ileana im Stich lassen. Aber Miranda ...“

Cam konnte das kurze Zusammentreffen mit ihrer Mutter einfach nicht aus ihren Gedanken verbannen. Ständig dachte sie daran. Egal, wie dringend andere Gedanken waren – der Gedanke an Miranda drängte sich immer gleich in den Vordergrund. „Ich meine, sie war so ganz anders, als ich sie mir vorgestellt hatte.“

„Ach, lass sie doch endlich mal aus dem Spiel“, riet Alex, die zu verbergen versuchte, dass sie eigentlich ein wenig enttäuscht gewesen war. Aber wenn sie ganz ehrlich war, musste sie gestehen, dass sie sogar ein wenig erleichtert war, weil Miranda, so schön und zerbrechlich sie auch wirken mochte, niemals Saras Platz würde einnehmen können. Sara war ihr

Idol. „Schon möglich, dass sie ein wenig verpeilt ist. Das wärst du auch, wenn du fünfzehn Jahre lang in einer Klinik rumsäßest und niemanden zum Reden hättest außer den anderen Hirntoten von Rolling Hills …"

„Und Onkel Thantos", erinnerte Cam ihre Schwester. Gedankenverloren zupfte sie an Mirandas ausgebleichter Decke, die um ihre Schultern hing.

„Okay. Also noch mal: Wo stehen wir?", brachte Alex das Gespräch wieder auf das wichtigere Thema zurück. „Dylan ist verschwunden. Aber er hat einen Ohrring verloren – oder ließ ihn absichtlich zurück."

„Weißt du eigentlich, Schwester Sherlock, wie so ein Müllcontainer von innen aussieht?", widersprach Cam. „Wenn das Absicht war, fress ich den Container leer. Eine Spur aus Staubkörnern wäre wahrscheinlich leichter zu finden gewesen als der Ohrring."

Alex warf ihr einen genervten Blick zu, während sie weiter auf und ab ging. „Egal. Du hast den Ohrring jedenfalls … hinter dem Kerzenladen gefunden. Das ist alles, was wir wissen. Keine Nachricht. Keine Anrufe, keine E-Mails, keine Psycho-Brieftauben – überhaupt kein Hinweis, wo er sein könnte."

„Nur die Horrorstory, die Onkel Edgar Allan Poe Thantos für uns abgespult hat." Cam schloss ihre Faust über dem kostbaren Ohrring, über den sie sich oft genug lustig gemacht hatte. Jetzt wünschte sie, sie könnte jedes Wort zurücknehmen. Jede spöttische, giftige und nörgelnde Bemerkung würde sie auf der Stelle und mit Handkuss zurücknehmen, wenn sie dafür nur den mageren Snowboarder in einem Stück zurückbekommen würde.

„Oh, wir dürfen das Buschmädchen nicht vergessen – Kenya Carson", fiel Alex plötzlich wieder ein. „Hab ich dir schon erzählt, wie schnell sie verduftete, als ich sagte, dass ich einen Computer höre?"

Doch Cam hatte ihre Schwester vergessen. Sie roch plötzlich den Duft von Süßholz und Anis, die Miranda vor langer Zeit in die Decke eingenäht hatte. „Inspiration!", rief sie und schnippte mit den Fingern, wobei ihr gar nicht bewusst wurde, welche geheimen Energien der Anisduft in ihr freigesetzt hatte. „Alex! Hast du nicht erzählt, dass Dyl gerade eine E-Mail schrieb, als du gestern in sein Zimmer kamst?"

„Stimmt", bestätigte Alex, „an irgendeinen Typ mit Namen KC."

„An einen *Typ*?" Cam hob skeptisch eine Augenbraue.

Alex schlug sich an die Stirn. „Hast du mein Gehirn gesehen? Ist nie da, wenn ich es brauche! Natürlich! KC ist Kenya Carson!"

Sie stürzten absolut gleichzeitig zur Verbindungstür, die zum Bad und von dort in Dylans Zimmer führte, sodass sie im Türrahmen mit den Schultern zusammenstießen und praktisch stecken blieben. „Die Klügere gibt nach", sagte Cam spöttisch und trat einen Schritt zurück. „Hast du irgendetwas lesen können? Außer der Abkürzung für ihren Namen, meine ich? Was er ihr schrieb?"

„Nein, aber wer sagt denn, dass man das nicht herausfinden kann?" Aus reiner Gewohnheit klopfte Alex an Dylans Tür.

„Ich bestimmt nicht", grinste Cam. „Schon oft gehackt?"

„Aber sicher. Hab neulich den Computer abstürzen lassen, der den Backofen in deiner Stammpizzeria PITS steuert", sagte Alex mit todernstem Gesicht und wandte sich ab, damit ihre Schwester ihre Gedanken nicht lesen konnte.

Cam starrte ihren Rücken an. Tatsächlich hatte es an einem Abend vor einer Woche verkohlte Pizzas gegeben.

„Kann ja nicht so schwer sein", murmelte Alex, als sie in Dylans Höhle stürzte. „Wenn das diese ausgeflippten Freaks, Hacker und geistigen Gartenzwerge schaffen, dürfte es doch für zwei entschlossene Hexen ein Kinderspiel sein."

Es wäre für jeden ein Kinderspiel gewesen. Denn Dylan hatte seinen Computer gar nicht heruntergefahren. Sogar das Passwort war gespeichert. Sie brauchten nur seinen E-Mail-Provider anzuklicken und – *bingo!* – öffnete sich auch schon die Liste der neuen Messages. Alex klickte auf *Gesendete Mails*, und ganz oben in der Liste stand die Mail, die er an KC geschickt hatte. Sie lasen den kurzen Text: *RideBoy ist darauf hereingefallen. Ich treffe ihn heute Abend. Selbe Zeit, selber Ort wie du.*

Alex öffnete das Archiv *Alte Mails* und sie lasen Kenyas Antwort: *Dyl, geh nicht hin! Bitte! Der Typ ist völlig durchgeknallt.*

„Das war's", verkündete Alex eine Stunde später, nachdem sie sämtliche alten und gesendeten Mails durchforstet hatten. Sie hatten keine weitere Message von KC über RideBoy gefunden. „Höchste Zeit, dass wir uns mal mit Kenya unterhalten."

„Wird sie denn überhaupt mit uns reden?", fragte Cam. „Ich meine, letztes Mal ist sie doch verschwunden, als du sie fragen wolltest."

„Stimmt", gab Alex zu.

„Ich kenne jemanden, mit dem sie reden würde", platzte Cam heraus und grinste vielsagend.

„Lass mich raten", sagte Alex mit boshaft-triumphierendem Grinsen. „Dylan selbst vielleicht?"

Kenya erschien auf die Minute pünktlich. Fünfzehn Minuten, nachdem die Schule aus war, stieg sie die Ränge des Sportplatzes hinter der Schule hinauf, wobei sie ständig ängstlich zurückblickte, und setzte sich dann, das Gesicht der Aschenbahn zugewandt. Nervös zog sie ein Buch aus der Tasche, wie es ihr gesagt worden war, und starrte die Seiten an, als ob sie konzentriert lesen würde.

Kurz darauf setzte sich Alex neben sie. „Hi."

Kenya blickte auf, zuerst überrascht, dann enttäuscht.

„Oh, tut mir Leid", begann sie. „Ich ... Würde es dir was ausmachen, dich woanders hinzusetzen? Ich treffe mich gleich mit jemandem."

„Stimmt – mit uns." Cam setzte sich auf die andere Seite. Sie hielt einen schwarz-silbernen Thermobecher in der Hand.

„Er kommt nicht, weil er verschwunden ist", erklärte Alex. „Und du bist wahrscheinlich die Einzige, die weiß, wo er steckt und warum er verschwunden ist."

„Aber er ist doch wieder zurückgekommen?", fragte Kenya ernst und unschuldig. „Ich meine, ich hab doch gestern Abend eine E-Mail von ihm bekommen, dass er ..." Sie brach ab, als sie Cams Blick auffing. Allmählich dämmerte es ihr. „Sie kam gar nicht von Dyl, stimmnt's?", fragte sie unglücklich.

Cam schüttelte den Kopf. „Nein, sie kam von uns. Wir versuchen, ihn zu finden, Kenya."

„Ich doch auch!", jammerte Kenya.

„Ist doch super", warf Alex ein. „Dann können wir ja auch zusammenarbeiten. Wer ist RideBoy?"

Kenyas Gesicht, das noch immer leicht geschwollen war, wurde plötzlich aschfahl und Tränen quollen aus ihren Augen.

Alex reichte ihr ein Taschentuch. Kenya öffnete es und ein Kristall, durchscheinend und glitzernd wie ein Juwel, fiel in ihren Schoß. „Was ist das?“, fragte sie erstaunt und betrachtete den Stein eingehend.
„Hoppla“, sagte Alex unschuldig. „Wie kommt denn der in das Taschentuch? Das ist mein Glückskristall. Du kannst ihn eine Weile halten, wenn du willst. Vielleicht hilft er dir.“
„Ist ja irre.“ Kenya starrte wie hypnotisiert den Kristall an und blickte verwirrt auf, als ihr Cam die Thermotasse anbot.
„Kakao“, erklärte Cam. „Entspannungsdrink. Trink ruhig.“
Kenya roch zuerst an der Tasse, dann nahm sie einen kleinen Schluck. Ihre tränenglänzenden Augen weiteten sich erfreut.
„*Wow.* Der zischt runter“, bemerkte sie. „Und schmeckt super, obwohl … ein wenig seltsam.“
„Liegt an den Kräutern“, erklärte Cam und zog ihr Sonnenamulett heraus.
Der „Kakao“ und der Kristall begannen bereits zu wirken. „Habt ihr zwei überhaupt eine Ahnung, was für ein supercooler Typ euer Bruder ist?“, legte Kenya los. „Ich meine, dass er nie rumprollt wie die anderen … irgendwie checkt der immer alles voll korrekt, ich meine, wisst ihr, der ist so total voll im Leben …“
Alex spielte mit ihrem Halbmondamulett, das an einer Kette um ihren Hals hing. „Krieg dich bloß wieder ein, Kenya. Wissen wir doch. Aber Cam und ich, also, wir haben da so ein kleines Ritual … cool irgendwie, das möchten wir mal mit dir …“
„Es ist eigentlich fast“, kam ihr Cam zu Hilfe, „wie wenn man ein Gedicht aufsagen würde, verstehst du?“
„Ganz einfach“, warf Alex dazwischen. „Es heißt *Der Wahrheitsfinder.*“

Cam fing einfach an. „*Oh Sonne, du gibst uns Freude und Licht, vertreibe die Furcht und erleuchte mich …*"
„*… befreie KC von Zweifel und Schmerz. Gib Vertrauen ihr ein, lass sie erleichtern ihr Herz!*", vollendete Alex und spürte gleichzeitig die Wärme, die von ihrem Amulett ausging und durch ihre Finger ging.
„Cool", sagte Kenya beeindruckt. Dann begann sie zu zittern. „Er ist ein Mann, kein Jugendlicher, ein ekelhafter, kahler, dickbäuchiger Schleimer. Redet wie ein Junge, hat aber überhaupt nichts mit einem zu tun. RideBoy … das ist eine Snowboard-Marke. Ich hab ihn immer für einen Jungen gehalten, wie Dyl", plapperte Kenya. „Er hat behauptet, er sei sechzehn!"
Plötzlich brach sie in Tränen aus und völlig überstürzt und hastig begann sie zu erzählen. Sie hatte in einem Chatroom einen Typ getroffen, der sich als sechzehnjähriger Snowboard-Fan ausgegeben hatte. Ein paar Wochen lang hatten sie sich nur im Chatroom getroffen, doch dann hatte er geschrieben, er wolle sie kennen lernen.
Natürlich hatte sie es abgelehnt, sich mit ihm irgendwo privat zu treffen, sondern hatte darauf bestanden, dass sie sich in einem Einkaufszentrum verabredeten. Er war einverstanden gewesen und so hatten sie sich dort getroffen – am Sonntag, ziemlich früh, weil er behauptet hatte drei Jobs zu haben. Bei einem Job müsse er werktags immer um halb sieben morgens anfangen und mit dem zweiten Job sei er erst nach Mitternacht fertig, und er behauptete, er habe ein Wochenendhaus und bla, bla, bla.
Also trafen sie sich um halb acht beim Einkaufszentrum am Stadtrand von Salem.
Sie wartete hinter dem *Candle Connection* auf ihn, weil er

dort angeblich arbeitete. Dann fuhr plötzlich ein rostiger roter Transporter vor und ein Mann, total alt, hässlich, ein ekliger Grufti, stieg aus. Er trug eine abgetragene rote Strickmütze und stank widerlich nach kaltem Zigarettenrauch, und er quatschte sie an.

Sie brauchte eine Minute, bis sie geschnallt hatte, dass das der Typ war, mit dem sie im Internet gechattet hatte. Er wollte, dass sie einstieg, wollte mit ihr eine Runde drehen. Als sie sich weigerte, packte er sie plötzlich am Arm und versuchte, sie in den Wagen zu zerren. Sie brüllte laut: „Lass mich los! Hau ab, du bist ja pervers!"

Aber es war Sonntagmorgen. Der Parkplatz war völlig leer. Niemand hörte sie. Niemand war in der Nähe.

Nur er. Er war verdammt nahe. Und er verdrehte ihr den Arm so sehr, dass sie vor Schmerzen aufschrie. Sie schrie und schrie und schlug auf ihn ein, doch er warf sie auf den Boden. Richtig brutal. Er brüllte sie an: „Verdammte Zicke!" An einem ihrer Zähne war eine Ecke abgebrochen, ihre Wange schwoll an und ihre Lippe platzte auf und blutete. Er starrte sie an.

Dann hielt er plötzlich inne, stieg in den Transporter und fuhr davon.

Sie rief Dylan übers Handy an. Und er rief Robbie Meeks an, der gerade seinen Führerschein auf Probe bekommen hatte, und sie fuhren hinaus und holten sie ab. Kenya erzählte ihnen, sie hätte auf dem Parkplatz ein paar neue Tricks mit dem Board ausprobiert und sei gestürzt. Und dann hätten ihr ein paar Kids das Board geklaut.

Robbie nahm ihr die Story ab. Dylan nicht.

Er begann sie auszufragen. Was sich wirklich abgespielt habe. Tagelang ließ er nicht mehr locker, und endlich gab sie nach und erzählte ihm alles. Und Dylan wurde so wütend, dass er

fast durchdrehte, aber er musste ihr versprechen, dass er nicht die Bullen rufen würde und so, ihre Eltern hätten sie glatt umgebracht, wenn sie davon erfahren hätten. Also beschloss Dylan, die Sache selbst in die Hand zu nehmen. Er wollte RideBoy eine Falle stellen, ihn zuerst locken, und wenn dann der Schleimer darauf hereinfiel, wollte er ihn schnappen.
„Ich hab versucht, ihm das auszureden", weinte Kenya. „Ehrlich! Jeden Tag hab ich's versucht und dann schickte er die Mail, in der stand, der Typ habe angebissen und dass sie sich verabredet hätten. Ich bin fast durchgedreht! Ich hab ihn angefleht, das nicht zu machen. Ich bin sogar zu eurem Haus gegangen", sagte sie zu Alex, „aber da war's schon zu spät und er war verschwunden und die Bullen waren bei euch und so. Und dann hast du was über einen Computer gesagt! Ich hab gedacht, Dylan hätte dir alles erzählt, und da bin ich irgendwie sauer auf ihn geworden und hatte trotzdem Angst um ihn und wusste überhaupt nicht mehr, was ich machen sollte, und da bin ich abgehauen ..."
Alex hatte dem völlig verängstigten und schluchzenden Mädchen den Arm um die Schultern gelegt. Obwohl sie es selbst nicht glaubte, murmelte sie beruhigend: „Dyl ist nichts passiert. Es ist alles okay."
Endlich hörte Kenya auf zu weinen, wischte ihre Tränen ab und drückte Alex' Hand. „Alles meine Schuld", sagte sie niedergeschlagen. „Ich wollte nicht, dass sich Dylan einmischt. Was wollt ihr jetzt machen? Ich meine, wisst ihr denn, wo er ist? Habt ihr irgendeine Ahnung oder eine Vermutung?"
Alex wollte gerade verneinen, als sie ihre Schwester leise stöhnen hörte. Cam hatte die Augen fest geschlossen und presste die Hände gegen die Schläfen. Ihr ganzer Körper zitterte.

„Oh nein! Was ist mit ihr los?“, rief Kenya entsetzt, fast in Panik. „Ist sie krank? Ein Anfall oder so was?“
„Keine Angst.“ Alex stand schnell auf und setzte sich zwischen die beiden Mädchen, um Kenya den Blick auf Cam zu versperren. „Wahrscheinlich war was mit der Pizza gestern … Dauert nur eine Minute, dann geht es ihr wieder besser. Ach so, nein, wir wissen auch nicht, wo Dylan ist. Null Ahnung. Aber wir finden es noch raus.“ Sie warf einen flüchtigen Blick auf ihre Schwester. „Kann nicht mehr lange dauern.“
Plötzlich lief ein kalter Schauer durch Alex' Körper – und sie hörte eine raue Stimme flüstern. Sie zuckte zusammen und schüttelte halb benommen den Kopf. „Hast du … hast du gerade was gesagt?“, fragte sie Kenya. „Hast du gerade irgendwelche … Zahlen genannt?“
Kenya riss verblüfft die braunen Augen auf. „Wer – ich?“
Alex atmete tief ein. „Na prima!“, sagte sie übertrieben fröhlich zu dem erstaunten Mädchen. „Also, keine Zahlen! Okay. Dann … äh … wir sehen uns …“
Sie zog Cam am Arm hoch. „Mach dir keine Sorgen, Kenya“, sagte sie. „Die Sache wird bald geritzt sein.“

Kapitel 13

EIN NEUER TRICK

„Spuck's aus!", befahl Alex ein paar Minuten später, als sie auf dem Heimweg waren. „Das war wieder mal eine Vision, stimmt's?"

„Hast du Aspirin dabei?", fragte Cam matt und bestätigte damit Alex' Vermutung.

Alex fischte aus ihrem Rucksack die Kopfwehtabletten heraus, während Cam bereits zu erzählen anfing, was sie in der Vision gesehen hatte: Es war keine Vorahnung der Zukunft und auch keine Rückblende in die Vergangenheit gewesen. Sondern sie hatte etwas gesehen, das hier und jetzt passierte und ihr vor Angst den Atem nahm. Aber gleichzeitig waren die Bilder auch irgendwie beruhigend gewesen. Denn sie hatte Dylan gesehen – und zwar lebendig!

Ihr Bruder hatte sich in einem sumpfigen Waldgelände befunden. Die meisten Bäume waren kahl, aber es waren auch ein paar Pinien und Föhren zu sehen gewesen. Auf dem Boden lag haufenweise nasses Laub und Dylan sank tief ein, als er sich durch den Wald schleppte. Er hinkte. Und er sah total ausgepowert und verloren aus. Sein Gesicht war so sehr mit Dreck verschmiert, dass man kaum sehen konnte, ob er irgendwelche Verletzungen oder Schlagwunden hatte. Und in

der Hand hielt er eine rote Strickmütze, die haargenau zu Kenyas Beschreibung passte.
„Hast du eine Idee, wo dieser Waldsumpf oder Sumpfwald sein könnte?“, wollte Alex wissen.
Cam stöhnte. „Bist du nie zufrieden mit dem, was ich erzähle?“ Aber sie dachte kurz nach. „Wahrscheinlich nicht weit von Marble Bay entfernt“, meinte sie. „Die Büsche, Pinien und dann der überfrorene Sumpf … und eine sandige Küste … Sah alles so aus, als könnte es hier in der Nähe sein. Aber nicht direkt hier.“
Cam schluckte die Tablette mit dem Rest Kakao hinunter, der sich noch in der Thermotasse befunden hatte und jetzt ein wenig bitter schmeckte. „Was hast du am Schluss zu Kenya gesagt – irgendwas über Zahlen?“
„Wahrscheinlich hab ich die Tonspur zu deinem Visionsfilm gehört“, vermutete Alex. „Irrer Text, ein echter Hit. Ging so ungefähr: ‚Siebzig Grad, fünfundfünfzig Minuten, zweiundvierzig Grad, dreißig Minuten.‘ Ich lass mich einsargen, wenn es dieser Song jemals in die Charts schafft.“
„Das sind Koordinaten!“, rief Cam aufgeregt.
„Koordinatoren, meinst du wohl?“
„Schlafen deine fünf Hirnzellen eigentlich immer so tief? Koordinaten – Längengrade, Breitengrade, Alex! Geschnallt? Hast du mal eine Landkarte?“
Während Alex in ihrem Geografieatlas blätterte, rief Cam ihre Eltern an. Automatisch erkundigte sie sich, ob es Neuigkeiten von Dylan gebe. Emily brach sofort in Tränen aus und Dave kam ans Telefon. „Was? Ach so, okay“, sagte er, als Cam ihm erklärte, dass sie und Alex zu Beth gingen, um dort ein wenig zu büffeln.
„Tante Wendy ist hier und Sally und ein paar von Mums

Freundinnen“, sagte Dave. „Kommt nicht zu spät. Und macht euch keine Sorgen. Wir werden ihn bald finden.“

Nicht, solange ihr zu Hause rumsitzt!, dachte Cam und beendete das Gespräch.

„Ich hab's!“, rief Alex. Sie hatte eine topografische Karte von Neuengland aufgeschlagen. „Schau dir das mal an!“ Sie deutete darauf und Cam sah – die Zahlen, die Alex gehört hatte: Längengrad und Breitengrad! Die Koordinaten für Salem, Massachusetts, mit dem Fahrrad zwei Stunden von Marble Bay entfernt. Mit dem Transporter war man natürlich sehr viel schneller.

„Dylan hielt die Strickmütze in der Hand, also muss er es irgendwie geschafft haben, RideBoy einzuholen“, vermutete Cam.

„Und wurde dann irgendwo an einer einsamen Stelle aus dem Wagen geworfen“, führte Alex den Gedanken weiter.

„Wollt ihr nicht ganz genau wissen, wo euer lieber Bruder ist?“, dröhnte plötzlich eine tiefe Stimme.

Eine tiefe, spöttische Stimme. Die Zwillinge wirbelten herum, als hätten sie gerade Gespenster gesehen. All ihre Gedanken beschäftigten sich mit RideBoy, ihrem Feind, dem Mann aus dem Chatroom, und instinktiv erwarteten sie, ihn vor sich zu sehen. Ohne nachzudenken oder auch nur eine Sekunde zu zögern, griffen sie an. Cam kickte den Mann ans Schienbein, und als er sich vor Schmerzen krümmte, ließ Alex ihren Geografieatlas auf seinen Schädel krachen.

„Autsch!“, brüllte der große, schwarzbärtige Mann und stolperte ein paar Schritte vor. Erst jetzt nahm Alex den durchdringenden Geruch von Klee und Pferdemist wahr.

Sie hatten ihren verräterischen Onkel Thantos angegriffen.

Er trieb sie vor sich her, bis sie im Schatten einer kleinen

Gruppe dicht gewachsener Fichten standen. Halb verborgen unter den tief herabhängenden Ästen starrte er sie wütend an. Seine dunklen Augen bohrten sich in Cams Augen. Sein Blick war bösartig, er flüsterte heiser wie im Selbstgespräch, wobei sich seine Lippen kaum bewegten.

Cams Hände und Füße fühlten sich plötzlich wie eingezwängt und geschrumpft an, mit scharfen Nägeln an den Fingern und spitzen Zehen an den Füßen. Als sie ihre Hände hob und anschaute, setzte ihr Herz aus.

Ihre glatten schmalen Finger hatten sich in pelzige graue Pfoten verwandelt, aus denen lange scharfe Krallen herausragten. Ihre Zähne knirschten – nicht vor Kälte, sondern weil sie wie die Zähne eines Nagetiers rhythmisch zu mahlen begannen – bereit, alles anzuknabbern, was nicht aus Eisen oder Beton war.

Alex schrie laut auf, als sie sah, wie sich ihre Schwester verwandelte. Aber das war doch nicht ihre Stimme! Ihr Rücken schien sich zu einem gewaltigen Buckel zu krümmen und plötzlich stand sie auf vier Beinen, kämpfte gegen ein überwältigendes Hungergefühl, das von ihrem Magen ausging und ihr Gehirn zu beherrschen begann. Und dort wurde der Hunger in einen einzigen Befehl verwandelt: *jagen, fangen, töten, fressen*!

Sie war die Katze. Cam, die Maus, duckte sich. Alex' Muskeln zuckten, bereit zum Sprung, bereit, die Schwester zu jagen und zu vernichten.

Mit letzter Willenskraft kämpfte sie gegen die dunkle Macht an, die ihr befahl, die Schwester zu töten. Sie drehte sich um, sprang mit einem gewaltigen Satz auf Thantos zu und schlug ihre Krallen und Zähne in sein Bein. Er schüttelte sie mit einer so gewaltigen Bewegung ab, dass sie weit weggeschleudert

wurde und in einem stacheligen Gebüsch landete. Cam flog hinterher und zwischen ihren Nagezähnen hing ein Stofffetzen, den sie aus dem Samtmantel ihres Onkels gerissen hatte.
„Das reicht!“, donnerte Thantos wütend. „Ihr seid noch Kinder! Unreife, unfertige, undankbare Hexenlehrlinge! Nichts, aber auch gar nichts habt ihr richtig gelernt! Ich wollte euch helfen! Ist das der Dank dafür?!“
„Helfen?“, schrie Alex und ihre Stimme kippte um, wie Dylans Stimme manchmal, wenn er aufgeregt oder wütend war – ein hörbares Zeichen, dass seine Stimme zwischen Kind und Erwachsenem schwankte. Doch Alex’ Stimme schwankte zwischen Mädchen und Katze. „Meinst du, so wie du Dylan geholfen hast?“, miaute sie. Ihre Kehle zog sich schmerzhaft zusammen; die Worte kamen kaum heraus und das Sprechen fiel ihr immer schwerer.
Cams kleine scharfe Zähne knirschten. „Verwandle uns zurück!“, quiekte sie.
Thantos richtete sich hoch auf, atmete tief ein, um sich zu beruhigen, und wedelte dann ein paarmal lässig mit der Hand in ihre Richtung, wobei er ein paar Worte murmelte.
Sie spürten, dass sie sich wieder in ihre menschliche Form zurückverwandelten. Doch dieser Vorgang war weit unangenehmer, als die Verwandlung zu Tieren gewesen war. Cams Glieder schmerzten, als sie durch das enge Fell hindurchwuchs und immer größer wurde. Alex heulte vor Schmerzen.
„Nie mehr!“, donnerte Thantos, ohne auf ihr Leiden zu achten. „Nie mehr werdet ihr meine Macht herausfordern!“
Schweigen breitete sich aus, bis die Verwandlung abgeschlossen war. Alex hob ihre Hände und betrachtete sie misstrauisch von allen Seiten, ob nicht doch noch ein Katzenhaar zurückgeblieben war. Cam tastete ihren Körper ab, besonders die

untere Rückenhälfte. Unendlich erleichtert stellte sie fest, dass Thantos nicht vergessen hatte, auch den hässlichen nackten Mäuseschwanz verschwinden zu lassen. Wie hätte sie den Schwanz ihrem Sechserpack erklären sollen? Nicht auszudenken.

Alex hatte ihre Gedanken gehört und wagte ein erstes, noch immer schmerzhaftes Grinsen. „Du hättest in deine Designerklamotten ein Schwanzloch schneiden müssen."

Cam verdrehte die Augen und schob den furchtbaren Gedanken weit von sich. „Peinlich. Glaubst du, jemand hat uns so gesehen?"

Aber Alex war bereits wieder ernst. „Es gibt wichtigere Probleme." Mit noch immer rauer Zunge leckte sie ihren juckenden Handrücken.

Thantos war noch immer wütend, und als sie wieder als ganze Menschen vor ihm standen, donnerte er: „Ich bin gekommen, weil ich eurer Mutter einen Gefallen tun wollte! Und weil eure Beschützer zu sehr mit ihren eigenen lächerlichen Problemen beschäftigt sind!"

Aber wenigstens hat uns Karsh gesagt, wo Dylan ist!, erinnerte Cam still ihre Schwester.

Glücklicherweise hatte sich Thantos so sehr in seine Wut hineingesteigert, dass er den Gedanken nicht hörte. „Eins haben Miranda und ich gemein", brüllte er. „Nämlich arrogante, undankbare Kinder! Aber Miranda macht sich Sorgen. Sie ist eure Mutter und sie will nur euer Bestes! Und deshalb hat sie mich geschickt ..."

Alex verdrehte die Augen. „Klar! Damit Ihr uns in Kuscheltiere verwandelt!"

Thantos hob plötzlich beide Arme, als wolle er sie wieder verwandeln. Er knirschte mit den Zähnen und fauchte: „Nur

Miranda zuliebe muss ich mir deine Frechheiten gefallen lassen!“

„Warum habt Ihr Miranda immer erzählt, dass wir tot seien?“, wollte Cam wissen.

„Habt ihr nicht ein viel dringenderes Problem?“, erinnerte sie Thantos und ließ seine Arme sinken. „Euer Bruder steckt in Schwierigkeiten, habe ich gehört.“

„So, *gehört* habt Ihr das? Ich krieg mich nicht mehr rein! Ihr wart es doch, der ihn in Schwierigkeiten gebracht hat!“, fauchte Alex.

„Stimmt!“, ergänzte Cam. „Woher wusstet Ihr denn, dass Dylan in dem Container steckte?“

„Ich? Ich wusste es nicht“, antwortete Thantos übertrieben freundlich, „sondern du wusstest es. Es war *deine* Vorahnung, meine liebe Camryn, nicht meine! Ich habe nur dafür gesorgt, dass auch Alexandra deine Vision sehen konnte.“

„Habt Ihr seinen Ohrring in den Container gelegt?“, drängte Alex.

Thantos stutzte. „Seinen Ohrring? Oh, jetzt verstehe ich. Ihr habt etwas gefunden, das ihm gehörte. Ausgezeichnet. Ich will euch einen Beweis für meinen guten Willen geben und werde euch einen höchst erstaunlichen Zaubertrick zeigen.“

„Wenn schon Katze, dann bitte drei Nummern größer“, sagte Alex spöttisch. „Panter, zum Beispiel.“ Sie bleckte die Zähne und fauchte Thantos an.

„Eher sperrt er uns in einen Kleintierzoo“, meinte Cam.

Thantos überhörte ihre Bemerkungen. „Ich werde euch einen Zauber zeigen, den eigentlich nur Hexenmeister des höchsten Grades kennen dürfen. Wie man jemanden findet, indem man einen Gegenstand benutzt, der ihm gehörte, gleichgültig, wie lange das her ist. Der Zauberspruch heißt *Der Finder*.“

„Ihr wollt uns zeigen, wie wir Dylan finden können?“, fragte Alex ungläubig.
Cam zog scharf die Luft ein. Hoffentlich verriet Alex jetzt nicht, dass sie schon wussten, wo Dylan war. *Sag's nicht*!, warnte sie still ihre Schwester. *Wir schauen uns den Trick erst mal an. Könnte später nützlich sein.*
Aber ihre Schwester hatte andere Pläne. „Supercool. Ratet mal, was Euer Denkfehler ist, Onkel Thantos!“
„Gib mir den Ring!“ Er streckte herrisch die Hand aus.
„Nö“, sagte Cam.
„Ihr traut mir noch immer nicht.“ Der Hexer klang frustriert und wütend und schien jetzt am Ende seiner Geduld angekommen zu sein. „Ihr seid Narren. Habt ihr denn noch immer nicht begriffen, dass euch Mirandas Liebe beschützt? Glaubt ihr denn im Ernst, dass ich ihr noch mehr Kummer und Schmerz zufügen will? Sie ist nicht nur die Witwe meines Bruders und die Mutter meiner zickigen Nichten. Sie bedeutet mir mehr, viel, viel mehr, als …“ Thantos brach ab und machte eine ungeduldige Handbewegung. „Öffne die Hand, Camryn!“, befahl er. „Zeig mir den Ohrring. Jetzt sofort!“
Cam öffnete die Hand, die zu ihrer Erleichterung auch innen wie ihre eigene aussah und nicht wie die irgendeines Waldnagetiers, das sich von Insekten ernährte. Dylans Ohrring lag auf ihrer (unbehaarten) Handfläche.
Thantos nickte. „Passt jetzt genau auf.“ Er zog einen Lederbeutel aus dem Gürtel und nahm einen nur grob, aber mit vielen Facetten zugeschliffenen glitzernden Stein heraus.
Aber Alex' Blick blieb nicht am Stein, sondern an dem Lederbeutel hängen. Sie überlegte, welche wunderbaren Dinge sich darin befinden mochten und wie herrlich es wäre, wenn sie diesen Beutel in ihren Besitz bringen könnte …

„Ein Quarzkristall“, erklärte Thantos und hielt ihn über den Ohrring. „Manchmal auch *Heiliges Feuer* genannt, weil er Licht einfangen und die Energie eines Menschen auf einen bestimmten Gegenstand konzentrieren kann.“
Strahlendes Licht ergoss sich über den Ohrring, sodass er aufglänzte wie eine kleine Kristallkugel. „Schaut jetzt genau hin!“, sagte er, gab Alex den Quarzkristall und befahl ihr, ihn weiter über den Ring zu halten.
Er griff erneut in den Beutel, nahm etwas heraus und zeigte es ihnen auf der offenen Hand. „Das ist Bilsenkraut“, erklärte er. „Gewöhnliche Hexer müssten es zuerst verbrennen. Aber ich kann es ohne Feuer einfach in Asche verwandeln.“ Er schien ziemlich stolz auf sich zu sein. „Und das hier – “, er hob eine seltsam geformte Wurzel in die Höhe, die Arme und Beine zu haben schien, „– ist Mandragore, auch Alraunwurzel genannt. Findet ihr nicht, dass die Wurzel eurem Bruder ähnlich ist?“
Aber er wartete ihre Antwort nicht ab, sondern legte den Lederbeutel auf die Erde. Mit seinen gewaltigen Pranken umschloss er Cams und Alex' Hände, sodass der Ohrring, der Quarz, das Kraut und die Alraunwurzel von den sechs Händen umschlossen wurden. Dann blickte Thantos durch die Tannenäste hinauf in den dunkler werdenden Himmel.
Die Hände der Zwillinge wurden rasch wärmer, schließlich heiß. Thantos verbrannte tatsächlich das Bilsenkraut ohne Feuer zu Asche! Die Hitze wurde fast unerträglich und die Arme der Mädchen zuckten in einem unbeherrschbaren Impuls, die Hände aus der Umklammerung zu reißen. Aber Thantos hielt sie fest. Dann schloss er die Augen und sagte mit seiner tiefen Stimme: *„Sonne und Mond, Erde und All, nehmt uns auf mit mächtigem Schall. Lasst uns durch diese heiligen Dinge sehen, was fern von hier bereits geschehen.“*

Die Zwillinge wurden auf einmal müde und ihre Augenlider schlossen sich. Auf der dunklen Leinwand ihrer geschlossenen Augen trat allmählich ein Bild hervor und wurde kräftiger, bis sie das Einkaufszentrum und dahinter den Parkplatz im frühen Morgenlicht erkannten. Ein verrosteter und verbeulter Kleintransporter stand als einziges Fahrzeug auf dem Platz. Ein Mann lehnte dagegen und rauchte eine Zigarette.

Er war ungefähr vierzig und seine glänzende schwarze Baseball-Jacke spannte sich über einen dicken Bierbauch. Unter der tief herabgezogenen roten Strickmütze glitten seine Augen unablässig über den Platz. Sein Blick flog über die Zwillinge hinweg – und über Dylan, der ihn vermutlich aus seinem Versteck im Container beobachtete.

Kein Zweifel – der Typ war RideBoy. Er blickte auf die Uhr, ging ein paar Schritte auf und ab und wartete, warf dann erneut einen ungeduldigen Blick auf die Uhr. Offensichtlich wurde er allmählich nervös. Schließlich warf er den Zigarettenstummel weg und wandte sich zum Transporter, um einzusteigen.

Plötzlich wechselte das Bild, das die Zwillinge sahen – wie ein Filmschnitt. Sie sahen Dylan, der aus dem Container kletterte. „Hey, Mann, warte mal!“, hörten sie ihn rufen. Und dann wirbelte das Bild plötzlich wild durcheinander, als Dylans Ohrring herunterfiel und im Container zwischen einem zerdrückten Karton und einem grünen Plastiksack landete.

„Super“, hauchte Alex beeindruckt und öffnete die Augen.

Cam zitterte. Sie versuchte, ihre Hände aus Thantos’ Griff zu befreien, aber er packte sie nur noch fester. Alex spürte, dass ihre Hände in diesem stahlharten Griff fast zerquetscht wurden. „Lasst los!“, protestierte sie mit schmerzverzerrtem Gesicht.

„Seid ihr beim alten Karsh auch so ungeduldig?“, knurrte ihr Onkel zornig. „Oder bringt er euch immer nur einen halben Zauberspruch bei? Seid endlich ruhig!“
„Kommt noch mehr?“, fragte Cam.
Thantos gab keine Antwort. Er blickte wieder durch die Äste zum Himmel hinauf und deklamierte: *„Lasst diese Dinge uns verkünden, wo wir den Jungen Dylan finden.“*
Erst jetzt gab er ihre Hände frei. Die Zwillinge blickten auf ihre Handflächen: Ihre Hände bildeten noch immer eine Schale, in der das Bilsenkraut und die Alraunwurzel gelegen hatten; jetzt war nur noch Asche zu sehen. Unter dem Kristall glänzte hellrot Dylans Ohrring. Und in dem Ring sahen sie einen Sandstrand, dahinter ein sumpfiges, mit Gras überwachsenes und von Laubhügeln bedecktes Gelände und da endlich – Dylan! Er stand unbeweglich und stützte sich mit einer Hand an einen Baum. Er keuchte heftig und konnte sich vor Erschöpfung kaum noch aufrecht halten.
Nicht aufgeben!, wollte Alex ihm zurufen.
„Er kann euch natürlich nicht hören“, sagte Thantos. „Erkennt ihr die Gegend, wo er ist?“
„Ich glaube schon“, meinte Cam ein wenig unsicher.
„Schaut genauer hin. Schaut durch den Kristall hindurch und konzentriert euch auf den Glanz des Rings.“
Die Zwillinge beugten sich erneut über ihre Hände. Das Bild weitete sich, als entfernten sie sich von Dylan, flögen immer höher. Sie sahen den äußeren Waldrand, dann die Bucht und schließlich die Autobahn. Und neben der Straße sahen sie einen großen Wegweiser: SALEM 15 MEILEN.

Kapitel 14

GRABREDEN

„Wir sind fast da." Nur weil Miranda sie darum gebeten hatte, war Ileana bereit gewesen, sie an einen Ort zu bringen, an dem sie sich zurzeit eigentlich nicht blicken lassen wollte: auf die Insel Coventry. Genauer: zu Arons Grab im Friedhof Rock Mount.

Der Friedhof lag an der nördlichsten Spitze der Insel, wo der Wind im Winter am heftigsten blies und sich im Frühjahr der Regen in Strömen vom Himmel ergoss, sodass die Pfade und Wege aufgeweicht und mit Laub übersät waren.

Doch kein Tor, keine Mauer, kein Schild wiesen auf den Eingang zu dem geheiligten und (wie manche behaupteten) verwunschenen Friedhof hin. In dem parkähnlichen Gelände standen die Bäume so dicht, dass die Sonne kaum durchbrechen konnte. Deshalb war der Friedhof selbst um die Mittagszeit düster.

Es war ein Furcht erregender Ort, aber Ileana hatte nie Angst verspürt, wenn sie ihn besuchte, nicht einmal als Kind. Damals – als starkes, gesundes, mutiges, ja sogar tollkühnes Mädchen – hatte sie immer die anderen Kinder ausgelacht, die diese Geistergeschichten glaubten, und hatte sie zu Mutproben auf dem Friedhof herausgefordert.

Aber heute? Heute fühlte sie sich aus irgendeinem Grund so, wie sich ihre Freunde, die sie immer ausgelacht hatte, damals wahrscheinlich gefühlt hatten.
Das Ächzen der alten Stämme und Äste im Wind, das Knacken der dürren Zweige im Gesträuch, das wie Schritte klang, jedes Geräusch klang bedrohlich, ja erschreckte sie, jagte ihr Angstschauer über den Rücken. Die Furcht legte sich wie eine Eisenklammer um ihr Herz und sie wirbelte ein paarmal herum, um zu sehen, ob sie beobachtet oder verfolgt wurden.
Die beiden Frauen gingen langsam den felsigen Pfad entlang. Sie waren außer Atem. Miranda hielt ihren Rocksaum in der einen und einen Spazierstock in der anderen Hand. Ileana verfluchte sich selbst, weil sie aus lauter Eitelkeit keinen Stock mitgenommen hatte. Er wäre sehr nützlich gewesen, um auf diesem schwierigen Anstieg das Gleichgewicht zu halten.
Früher war sie diesen Weg hinaufgerannt, leichtfüßig und locker, aber alle Sinne angespannt. Wie eine junge Bergziege war sie damals weder vor dornigen Brombeersträuchern noch vor den tief hängenden Ästen der Bäume zurückgeschreckt, die wie Schutzhecken um die Gräber gewachsen waren und die verstreut liegenden Gräber völlig verbargen.
Früher hatte sie geglaubt, ihre Eltern seien hier begraben worden. Sie hatte nach ihren Gräbern gesucht, obwohl sie sehr wenig über ihre Mutter und gar nichts über ihren Vater wusste. Karsh, der ihr beide Eltern ersetzte, hatte es nicht gerne gesehen, wenn sie zum Rock Mount hinausgegangen war. Deshalb hatte sie sich immer davongestohlen, hatte auf dem Friedhof die Namen auf den Grabsteinen enziffert und jedes Mal gehofft, dass sie einen Namen finden würde, der etwas in ihr auslösen würde, ein überwältigendes Gefühl vielleicht, dass hier ihre Mutter lag. Oder ihr Vater.

Doch kein Name löste dieses Gefühl aus und allmählich fragte sie sich, ob ihr geheimster Wunsch nicht am Ende gar Wirklichkeit sei: dass ihre echten Eltern noch lebten – und dass Aron und Miranda DuBaer ihre Eltern seien. Zwar waren sie dafür fast noch zu jung, aber sie waren gut, freundlich, stark und liebevoll. Außerdem sah sie ihnen ähnlich. Sie hatte die gleichen silbergrauen Augen. Sie hatte sich sogar eingebildet, dass es eine Art Test sei, dass sie bei Karsh lebte. Und wenn sie diesen Test bestand, würden Aron und Miranda kommen und sie zu sich nach Hause holen.

Ileana hatte sich viele Jahre lang diesen Fantasien hingegeben. Erst als sie vierzehn war und erfuhr, dass Miranda schwanger war und bald eine richtige Familie haben würde, hatte sie eingesehen, dass das alles ein Hirngespinst gewesen war. Sie hatte sich betrogen gefühlt, obwohl sie wusste, wie irrational das war. Aber so war es eben gewesen.

Damals hatte Miranda vielleicht intuitiv die Eifersucht der jungen Hexe gespürt und sich viel mehr mit Ileana beschäftigt als zuvor – hatte mit ihr geredet, ihr zugehört, sie gelehrt. Miranda hatte sich wie die Mutter verhalten, die sich Ileana immer gewünscht hatte.

Und dann wurden die Zwillinge geboren, Aron wurde ermordet und Miranda verschwand.

Der zerbrechlichen Miranda fiel es immer schwerer, den steilen Anstieg zu erklimmen. Ileana beobachtete sie verstohlen und fragte sich, ob Miranda – die in ihrer sanften Art, aber unnachgiebig auf diese Wanderung zum Friedhof bestanden hatte – körperlich überhaupt fit genug dafür war.

Doch endlich erreichten sie den Gipfel des Hügels, der an der

Spitze der Insel lag. Hier war Aron inmitten vieler, vieler Generationen von DuBaers beerdigt worden.
Sein Grabstein war schwer zu finden, denn um die Grablege der DuBaers wuchsen hohe Blumen, eine dichte Hecke blühender Kräuter – ausgerechnet hier, wo gewöhnlich der härteste Wind blies. Die Blütenpracht überragte sogar die stacheligen Hecken, die auf dem Friedhof seit alters her wuchsen. Es war ein Garten der Düfte.
Wer hatte die Kräuter und Blumen gepflanzt? Die Grablege wurde offenbar von liebevoller Hand gepflegt.
Karsh, dachte Ileana. Thantos, dachte Miranda.
Vor vielen Jahren – als Karsh ihr von Arons Tod berichtete und ihr seinen blutgetränkten Umhang übergab – hatte Arons Witwe geweint und sich ihrer Verzweiflung hingegeben. Und dann den Verstand verloren.
Ileana fragte sich, ob Miranda in den langen Jahren des Klinikaufenthalts nicht abgestumpft war. Vielleicht hatte man sie dort auch nur deshalb behandelt, weil ihre Gefühle zu tief in ihr begraben lagen und sie sozusagen zu versteinern drohte, ständig gefangen in diesem furchtbaren Trauma, an einem einzigen Tag aus dem überschäumenden Glücksgefühl der Geburt ihrer Zwillinge in das schwarze Entsetzen gerissen worden zu sein, als Aron ermordet wurde. Und Stunden später waren auch noch die Zwillinge verschwunden. Ileana war überzeugt, dass kein halbwegs empfindsamer Mensch – und Miranda war schon damals eine außerordentlich sensible, intuitive Frau gewesen – ein solches dreifaches Trauma überlebt hätte, ohne den Verstand zu verlieren.
Miranda war mitten in einem Blütenmeer von Rosmarin, Thymian, Lavendel und rosa und blau blühendem Salbei auf die Knie gesunken, halb verborgen von riesigen Sonnenblu-

men und dem sich überall emporwindenden Phlox, der auch Flammenblume genannt wird. Sie ließ sich gegen den kleinen Grabstein sinken, der den Namen ihres geliebten Mannes trug, strich mit den Fingern über die glatte Marmorfläche und lehnte ihre Stirn dagegen. Tränen rannen über ihre Wangen. Sie weinte, ein tiefes Schluchzen, in dem all die Sorgen an die Oberfläche brachen, die sie so viele Jahre lang in sich begraben hatte.

Ileana entfernte sich ein wenig, um Miranda in ihrem Kummer nicht zu stören. Ziellos wanderte sie zwischen den Gräbern, Hecken und Bäumen herum. Sie genoss die Stille an diesem geheiligten Ort.

Doch plötzlich wurde sie von einer Angstwelle überrollt: Sie hatte ein Geräusch gehört, irgendwo hinter den Büschen. Ein wildes Tier – ein Kojote, eine Hyäne, ein Wildhund? Etwas schlich dort herum und gab leise gurgelnde Geräusche von sich. Einmal glaubte sie ein bösartiges Kichern zu hören.

Ileana fuhr nervös herum und warf einen Blick auf Miranda, die noch immer an Arons Grab kniete. Sie schien nichts gehört zu haben. Aber das hieß nichts, denn sie war in ihrer eigenen Welt versunken.

Ein kurzes Zischen, dann verstummte das Geräusch. Jetzt hörte Ileana nur noch Mirandas Schluchzen. Sie musste sich getäuscht haben. Sie ging zu Miranda zurück und strich ihr über das dichte seidige Haar.

„Damals habe ich mir immer gewünscht, du seist meine Mutter", bekannte sie leise und ließ sich neben Miranda auf der feuchten Erde nieder.

„Ich weiß", flüsterte Miranda.

„Bis heute weiß ich nicht viel von meiner Mutter", fuhr Ileana fort, „nur, dass sie Beatrice hieß und blond war …"

„Sie hatte funkelnde braune Augen und auf ihrem Gesicht lag immer ein schelmisches Lächeln. Sie war sehr schlagfertig und klug, aber auch aufbrausend. Wie eine Königin, auch wenn sie das von der Abstammung her nicht war."

Miranda hatte sich mittlerweile vom Grab ihres Mannes abgewandt und ihre Tränen waren versiegt. Sie blickte Ileana aus rot geränderten Augen an.

„Wie gut hast du sie gekannt?", fragte Ileana begierig, um endlich mehr von ihrer Mutter zu erfahren, über die Karsh nie hatte reden wollen.

„Nicht sehr gut", bekannte Miranda. „Dazu war die Zeit zu kurz, bis … nun, bis das alles geschah und ich von hier … wegging. Aber natürlich kannte ich deinen Vater gut …"

Ileana fuhr auf. „Meinen Vater? Du meinst Lord Thantos? Erzähl mir bloß nichts von ihm! Ich kann es immer noch nicht glauben. Und falls es stimmen sollte, kann ich es nicht ertragen, davon zu hören!"

Miranda schüttelte traurig den Kopf. „Das verstehe ich, aber du … du kennst ihn nicht …"

„Und wer ist daran schuld?", schrie Ileana und sprang auf. Ihr Gesicht war wutverzerrt. „Vielleicht kennst du ihn nicht richtig! Er hat deinen Mann ermordet! Er ist ein gieriges, brutales, rücksichtsloses, mörderisches Ungeheuer! Er fegt jeden beiseite, der ihm im Weg ist!"

Miranda stand mühsam auf. Sie legte ihre Hände auf Ileanas Schultern, die vor Erregung zuckten, und sagte beruhigend: „Ich habe nie geglaubt, dass Thantos der Mörder war. Aus welchem Grund hätte er Aron umbringen sollen? Sie waren nicht nur Brüder, sie waren auch Geschäftspartner, und ihr Unternehmen hat Millionen Menschen genutzt, genau so, wie Aron es immer wollte."

Ileana starrte sie wütend an. „Thantos wollte Aron aus dem Weg haben und hat Fredo dazu angestiftet."
Doch Miranda schüttelte müde den Kopf. „Nein, mein Kind. Der arme Fredo war nie … ganz richtig im Kopf, er hat nichts von der Intelligenz seiner Brüder abbekommen. Er war schon immer einfältig, stumpf und leicht beeinflussbar."
Ileana zuckte zusammen – schon wieder dieses Geräusch! Irgendetwas schlich in den Hecken herum, belauerte sie, und dieses Mal hörte sie deutlich ein Fauchen und Knurren, dann plötzlich wieder ein irres Lachen.
Und da roch sie diesen alles durchdringenden Geruch – diesen süßlichen, öligen Geruch, der nicht von den Kräutern kam, sondern sich wie ein billiges Parfüm über die natürlichen Blütendüfte legte. Wieder raschelte es in den Büschen und sie blickte zu den Bäumen empor und sah, dass es windstill war. Sie lauschte mit allen Sinnen. Wenn sie nur ihre übernatürlichen Kräfte wieder hätte! Wenn sie nur wieder so hören, sehen und riechen könnte wie vor dem Gerichtsprozess, wie vor dem Augenblick, als sie entdecken musste, dass Thantos DuBaer ihr Vater war! Mit ihren Kräften hätte sie sofort gewusst, wer oder was sich hier im Gebüsch verbarg – selbst wenn es ein Geist war.
Miranda hatte weitergesprochen. So tief war sie in ihre Erinnerungen versunken, dass sie nichts gehört hatte. „Fredo ist … nicht normal. Aron und Thantos haben immer versucht, ihm zu helfen."
Sie legte ihre Hand an Ileanas Kinn und zwang sie, ihr in die Augen zu sehen. „Dein Hass gegenüber Thantos hat einen einzigen Grund – obwohl du gar nicht weißt, warum er sich so verhielt … verhalten musste."
Ileana konnte ihre Wuttränen nicht mehr länger zurückhal-

ten. „Er hat mich weggeworfen wie Abfall! Seine eigene Tochter! Er hat mich nie anerkannt, nie für mich gesorgt, sich nie um mich gekümmert, mir nichts beigebracht!“ Die Worte „… und mich nie geliebt“ kamen nicht über ihre Lippen. Sie schluchzte: „Nur ein Ungeheuer, ein absolut gefühlloser Mensch kann sich so verhalten!“

Miranda strich sanft über Ileanas Haar, das so wirr und unbändig war wie die Mähne eines jungen Wildpferds. „Ein gefühlloser Mensch? Vielleicht ein Mensch, der so tief verletzt worden war, dass er nicht einmal das kleine, rote, wütende Gesicht seines neugeborenen Kindes ertragen konnte. Vergiss nicht, dass er gerade Beatrice verloren hatte …“

„Ja, und ich war schuld daran!“, schrie Ileana wütend. „Das wolltest du doch sagen! Sie starb bei meiner Geburt! Also schob er mir die Schuld dafür zu, begann mich zu hassen und wollte, dass ich zusammen mit meiner Mutter begraben werde!“ Jetzt war es heraus – und sie hatte nicht einmal gewusst, dass sie so gedacht hatte.

„Niemals!“, sagte Miranda entsetzt.

„Es gibt keine Entschuldigung dafür!“ Ileana wandte sich abrupt ab. „Sie war schließlich nicht die erste Frau, die im Wochenbett starb. Andere Väter kümmern sich um ihre Kinder, weil sie die einzige lebende Erinnerung sind …“

„Genau so ist es. Thantos war daran zerbrochen und völlig zerstört, und du hast ihn immer wieder an seine Frau Beatrice erinnert … Liebe Ileana, hat dir denn niemand die volle Wahrheit erzählt?“

Ileana knirschte mit den Zähnen. „Die volle Wahrheit – oder das ganze Märchen, das er erfunden hat, um dich zu täuschen?“

„Nein“, entgegnete Miranda müde. „Thantos hat nichts

erfunden. Vergiss nicht, dass ich das alles aus nächster Nähe beobachten konnte. Ich war Arons Freundin, die zukünftige Frau seines Bruders. Ich war Augenzeugin."

Ileana schüttelte misstrauisch den Kopf. Aber sie ließ sich ohne Widerstreben zu einer Bank führen, die in der Nähe des imposanten Grabmals stand, das für Ephram DuBaer errichtet worden war – dem ersten Vorfahr aus der berühmten Familie, der in die Neue Welt gekommen war und der in der Kolonie von Plymouth gelebt hatte, wo er es durch sein Geschick als Botaniker und Heiler rasch zu Ansehen und Reichtum gebracht hatte.

Die alte Holzbank, auf die sie sich setzten, fühlte sich kalt an, so kalt und ablehnend wie ihr so genannter Vater, dachte Ileana. Aber Miranda streichelte ihr sanft die Hand, als sie ihr alles zu erzählen begann, was sie wusste.

Bald nachdem sich Miranda und Aron verlobt hatten, verliebte sich auch Thantos. Sie hieß Beatrice Hazlett, ein schönes, kluges und eigenwilliges Mädchen, und Miranda und Aron waren beide der Meinung, dass sie genau die Frau war, die der selbstsüchtige und herrische Thantos brauchte.

Die ganze Familie freute sich für ihn – mit einer Ausnahme: Leila, seine Mutter. Möglich, dass sie in Beatrice mehr von sich selbst sah, als ihr lieb war; vielleicht aber fürchtete sie auch, dass ihr Beatrice die Herrschaft in der Familie streitig machen würde. Leila begründete ihre Ablehnung damit, dass Beatrice niedriger Herkunft sei und aus einer unbedeutenden Familie stammte.

Die Hazletts hatten nach Leilas Meinung nichts als Dichter und Träumer hervorgebracht, aber keinen einzigen bedeutenden Hexer und keine berühmte Hexe. Miranda schüttelte den Kopf, als sie das erzählte. „Das behauptete sie steif und fest, obwohl sie wusste, dass die Familie entfernt mit dem Antayus-Clan verwandt war, der Familie unseres lieben alten Freundes Karsh."

Aron hatte sich mit seiner Mutter darüber gestritten und auch Miranda hatte ihr widersprochen, jedenfalls so weit sie es wagte. „Denn Leila war eine Furcht erregende Erscheinung."

Ileana nickte verständnisvoll. Sie hatte Leila zwar nur als Geist kennen gelernt, aber die Worte „Furcht erregend" beschrieb nicht einmal annäherungsweise die Wirkung, die die Großmutter auf ihre Mitmenschen gehabt haben musste.

Leila schwor, dass sie Beatrice niemals als Schwiegertochter akzeptieren würde. Sie setzte Thantos unter Druck, sie nicht zu heiraten, und tat alles, um Beatrice vor aller Welt schlecht zu machen, um so die Heirat zu verhindern. Miranda erinnerte sich, dass Leila im Hintergrund ständig an Beatrice herumgenörgelt hatte. Immer wieder hatte sie Thantos erklärt, er handle unvernünftig und überstürzt. Sein Urteilsvermögen sei getrübt, denn er wolle Beatrice nur heiraten, um seine andere Enttäuschung zu vergessen, und das müsse zweifellos zu einer Katastrophe führen.

Nur einer von Leilas Söhnen war so eigensinnig und rechthaberisch wie sie selbst – und dieser Sohn war Thantos. Natürlich lehnte er sich gegen ihren Willen auf. Und ebenso natürlich weigerte sich Leila, an der Hochzeit teilzunehmen. Außerdem warnte sie Thantos: Wenn er und Beatrice ein Kind bekämen, dürfe es ihr nicht unter die Augen kommen. Die mächtige und stolze Leila DuBaer wollte mit diesem Kind niemals etwas zu tun haben.

Ileana war entsetzt. Erst jetzt begriff sie, warum Leilas Geist sie um Vergebung gebeten hatte.

Thantos bestand darauf, sich sofort mit Beatrice zu verheiraten, fuhr Miranda fort. So heirateten sie ein Jahr vor Aron und Miranda. Als dann Beatrice im Wochenbett starb, eilte Leila sofort zu Thantos, um ihren Ältesten zu „trösten". Und sie redete Thantos immer wieder ein, dass der Tod der jungen Frau seiner Dickköpfigkeit und ihrer unzureichenden Herkunft zuzuschreiben sei.

Und Thantos, der am Boden zerstört war, begann ihr allmählich zu glauben. Und er glaubte auch, dass ihn Leila vor die Wahl stellte – und Miranda war überzeugt, dass die gerissene Leila genau dies beabsichtigt hatte – sich zwischen seiner Mutter und seiner Tochter Ileana zu entscheiden. Ileana, die vielleicht alle Fehler von ihrer Mutter geerbt hatte, von denen Leila immer wieder sprach. Wenn also Leila nichts mit Ileana zu tun haben wollte, dann würde sich auch Thantos daran halten.

„Deshalb bat er Karsh, einen der größten Hexer seiner Zeit und der beste Freund deines Großvaters Nathaniel, dich aufzunehmen und großzuziehen. Aber er litt darunter, und um seinen Schmerz zu verdrängen, vergrub er sich förmlich in seine Arbeit."

Thantos tat alles, um seine Ehe und sein Kind zu vergessen. Er hatte nur ein Ziel vor Augen: seiner Mutter zu beweisen, dass er den DuBaers genauso viel Ruhm und Ehre bringen könne wie Aron, denn er war immer überzeugt gewesen, dass sie Aron mehr liebte als ihn.

„Die Wahrheit ist, Ileana, dass er es nicht ertragen konnte, dich zu sehen. Du hast ihn immer an das erinnert, was er vergessen wollte."

Es war zu viel. Zu viel, um alles hier und jetzt zu begreifen. Als Miranda geendet hatte, herrschte lange Zeit Stille. Schließlich brach Ileana das drückende Schweigen.

„Das Grab meiner Mutter ist also nicht hier, bei den DuBaers?“, fragte sie.
Miranda schüttelte den Kopf. „Nein. Es liegt auf der anderen Seite der Insel. In einem Friedhof, auf dem übrigens auch Karshs Ahnen beigesetzt wurden. Ich kann dich bald einmal hinführen, wenn du magst.“
Ileana erinnerte sich plötzlich an etwas anderes. „Du hast gesagt, Thantos habe Beatrice nur aus Enttäuschung geheiratet. Von wem war er enttäuscht worden?“
„Nein“, widersprach Miranda, „das hatte Leila behauptet. Thantos selbst machte nur ein einziges Mal eine Bemerkung über seine ‚einzige große Liebe‘, und damit meinte er offenbar nicht Beatrice. Wir haben aber nie mehr herausfinden können. Aber eins musst du wissen, Ileana: Thantos hat einen schweren Fehler gemacht, was dich angeht. Aber im Grunde ist er ein anständiger, aufrichtiger Mann.“
„Er ist der reine Abschaum!“, rief Ileana streitsüchtig.
Miranda machte eine abwehrende Bewegung. „Nein. Ich würde ihm ohne Zögern Apollas und Artemis’ Leben anvertrauen.“
Ileana drehte sich abrupt um, wütend und beleidigt. „Redest du etwa von Camryn und Alexandra? Du würdest diesem … diesem Verbrecher ihr Leben anvertrauen? Was weißt du denn schon über sie? Deine Weisheit, deine Kraft, alles ist weg! Eine echte Mutter hätte immer gespürt, dass sie noch leben! Aber du warst nie da …“ Sie hielt inne, außer Atem, entsetzt über ihre eigenen Worte, die unbeherrscht herausgesprudelt waren. Sie schämte sich.
Miranda fühlte sich plötzlich, als habe man ihr einen Dolch direkt ins Herz gestoßen. Doch sie ließ sich nichts anmerken, um Ileanas innere Zerrissenheit nicht noch zu verstärken. Die

junge Hexe hatte heute so viel erfahren müssen, dass sie Zeit brauchte. Miranda beschloss, das Thema zu wechseln.

„Ich habe eine Nachricht von Ap... von Camryn und Alexandra erhalten“, sagte sie sachlich. „Sie brauchen Hilfe ...“

„Was ist passiert?“, fragte Ileana entsetzt – nicht so sehr, weil die Zwillinge um Hilfe gerufen hatten, sondern vielmehr weil sie, Ileana, nichts davon gehört hatte. Aber Miranda, der sie gerade vorgeworfen hatte, sie sei eine schlechte Mutter und habe außerdem alle Zauberkraft verloren, hatte die Nachricht empfangen. Warum? Ileana wurde plötzlich klar, dass ihre eigenen Kräfte stärker versiegt waren, als sie geglaubt hatte.

„Ihr ... Bruder ...“

„Dylan?“

„Ja. Er ist verschwunden und sie haben große Angst um ihn.“

„Hat Karsh sie besucht?“

Miranda blickte sie erstaunt an. „Karsh? Nein. Ich hatte nicht den Eindruck, dass er sich darüber sonderlich große Sorgen macht. Und ich hab mich auch gar nicht mit ihm in Verbindung gesetzt. Das ist eine gute Chance für ihren Onkel, ihnen zu beweisen, dass er ein guter Mann ist. Meine Mädchen brauchen Hilfe und ich habe Thantos zu ihnen geschickt.“

Wut und Angst schlugen über Ileana zusammen. Sie sprang so abrupt auf, dass ihr schwindlig wurde. „Wir müssen gehen!“, sagte sie scharf.

Miranda blickte erstaunt zu ihr auf. „Jetzt? Warum so plötzlich?“

Ileana griff nach ihrem Arm und zog sie hoch. „Ich hab noch einen Termin. Und ich lasse dich nicht allein hier zurück. Das sind doch wohl genug Gründe.“ Und damit schob sie ihre Tante durch die Kräuter- und Blumenbeete und zwischen den Gräbern hindurch den steilen Pfad hinab.

Wenn Miranda nicht so überrascht und Ileana nicht von panischer Angst gepackt gewesen wäre, hätten sie vielleicht gehört, dass, kurz nachdem sie außer Sichtweite waren, beträchtliche Unruhe entstand. Zwei Kreaturen kämpften sich mühsam aus dem Dickicht heraus, in dem sie über eine Stunde lang gelegen hatten. Die Brombeersträucher und Kletten hingen an ihren Kleidern und überall in ihrer Haut steckten Dornen.

„Tsuris, du Idiot! Du hast sie entkommen lassen!", jaulte der Kleinere der beiden vorwurfsvoll, der gespickt mit Dornen wie ein fetter Kaktus aussah.

„Ich? Konnte nichts machen, Mann! Hab dir doch gesagt, dass es Unglück bringt, wenn wir uns im Friedhof auf die Lauer legen!", schrie der Größere mit sich überschlagender Stimme.

„Aber wenigstens haben wir sie gefunden!"

„Vollendete Vergangenheit, du Klugscheißer. Gehen wir. Früher oder später wird sie wohl wieder bei der Hütte des Alten aufkreuzen."

Kapitel 15

DER WALD VON SALEM

„Schnall ich nicht“, erklärte Jason. „Hier sind wir doch mitten in der Pampa. Wollt ihr wirklich nicht bis zur Stadtmitte gefahren werden?“

„Nein, wollen wir nicht“, antwortete Cam, während sie zum Seitenfenster hinausstarrte und Straßen- und Waldrand absuchte. „Ich versuche, dieses Jahr Alex für das Fußballteam fit zu machen.“

„Na, ich weiß nicht ... Zwanzig Kilometer Fußmarsch ist ein bisschen hart für den Anfang“, meinte Jason. Der hoch gewachsene, dunkelhaarige Junge warf Alex im Rückspiegel einen mitleidigen Blick zu. „Herzliches Beileid, Alex. Ich persönlich glaube nämlich, dass deine Schwester einfach durchgeknallt ist.“

„Liegt in der Familie“, grinste Alex.

„Alex!“, fauchte Cam. „Das ist überhaupt nicht komisch!“

Alex zuckte gleichgültig die Schultern, aber insgeheim war auch sie ein wenig erschrocken über das, was ihr da herausgerutscht war – auch wenn es irgendwie stimmte. Wenn sie dabei an Miranda gedacht hatte, so verflog der Gedanke sofort wieder. Plötzlich begann sie vor Kälte zu zittern.

„Ich glaube, wir sind da“, stieß sie hervor.

„Glaub ich auch", sagte Cam, die die Kälte ebenfalls spürte. Sie spielte nervös mit Mirandas Decke, die auf ihrem Schoß lag. Jetzt klang ihre Stimme nicht mehr so selbstsicher wie noch vor einer Minute.

„Hier soll ich anhalten?" Jason stieg widerwillig auf die Bremse und fuhr an den Straßenrand. „Es wird aber ziemlich bald dunkel. Warum wollt ihr ausgerechnet von hier loslaufen und warum müsst ihr ausgerechnet jetzt mit dem Training beginnen?"

Sie waren dem Jungen kurz zuvor zufällig begegnet, nur ein paar Minuten, nachdem ihr Psycho-Onkel verschwunden war. Onkel Thantos hatte erklärt, er habe jetzt alles für sie getan, was er tun könne, und müsse jetzt wieder zu ihrer Mutter zurück. Plötzlich hatte er so getan, als brauche ihn Miranda ganz dringend. Sie dürfe nicht lange allein gelassen werden.

Jason ließ den Blick über die dunklen, dichten Waldränder gleiten, die sich an beiden Seiten der Straße hinzogen, und schüttelte den Kopf. „Ihr könnt mich doch nicht für dumm verkaufen – ihr macht mir was vor. Also, was ist los? Dylan wird vermisst und weiter …"

„Korrekt. Genau deshalb machen wir das", verkündete Alex. Cam drehte sich rasch um und starrte sie wütend an, aber Alex fuhr mit einem bedeutungsvollen Seitenblick auf ihre misstrauische Schwester fort: „Wir müssen einfach etwas unternehmen, wir drehen sonst durch, wenn wir ohne *Action* daheim rumhängen, wenn du weißt, was ich meine."

Doch die ersehnte *Action* verwandelte sich ziemlich schnell in eisig kaltes Zittern, als sie in den sumpfigen Wald hineinstapften. Cam hatte sich Mirandas Decke wie einen Schal um den Hals gewickelt. Alex stülpte den Kragen ihres Militärpar-

kas hoch. Eine Weile marschierten sie schweigend einen schmalen Fußpfad entlang.
Mit weit aufgerissenen Augen und allen Sinnen auf höchster Alarmstufe gingen sie langsam in die Richtung, von der sie annahmen, dass sie zur Bucht führen würde. Unablässig suchten sie nach der sandigen Stelle, die Cam beschrieben hatte und die sie durch Thantos' Kristall gesehen hatten.
Nach einer Weile roch Alex den Geruch von Salzwasser und Gischt. Und sie roch noch etwas anderes – eine Mischung von Gerüchen, die nichts mit diesem Ort und dieser Zeit zu tun hatten. Ein Geruch, der modrig, abgestanden und verführerisch zugleich war und der sie an die Geisteserscheinung erinnerte, die sie und Cam einmal angerufen hatten – den Furcht einflößenden Geist von Leila DuBaer, ihrer Großmutter.
„Leila und noch was", flüsterte Cam und griff nach Alex' Hand. „Spürst du auch, dass wir hier nicht allein sind? Und ich meine nicht Kaninchen, Eichhörnchen oder Regenwürmer. Auch nicht Dylan."
„Obwohl er auch dabei ist", flüsterte Alex mit vor Kälte und Angst klappernden Zähnen. „Ich rieche ihn nämlich auch, aber nur ganz schwach."
„Schwach? Dann kann es unmöglich Dylan sein. Seine Ausdünstungen sind normalerweise nämlich rekordverdächtig", gab Cam mit leisem angespanntem Lachen zurück. „Sein Zimmer stinkt wie ein Wäschekorb, der seit drei Jahren nicht mehr geleert …"
„Pst! Hast du das gehört?" Alex drückte aufgeregt Cams Hand.
„N-nein", stotterte Cam. „Aber etwas … Ekliges … hat mich gerade an der Schulter gestreift."

„Spinnweben?“, flüsterte Alex in ihr Ohr. „Eiskalte Finger? Oder ein miefender alter Mantel oder so?“

„Alt? Gar kein Ausdruck. Reinste Steinzeit. Und eiskalte Finger? Eher schon wie eingeschlafene Füße.“ Cam spürte das Brackwasser, das in ihre Schuhe lief.

„Wie heißt es noch mal bei Shakespeare? Du weißt schon, im ‚Sommernachtstraum‘… *Nun, toller Geist, was spuken hier im Wald für Abenteuer?*“

„Der hat jedenfalls nicht diesen Geist gemeint“, sagte Cam. „Der ist nämlich alles andere als toll.“ Sie kicherte nervös. „Würde mich aber nicht überraschen, wenn der auch hier irgendwo wäre.“

„Wer – Shakespeare? Der ist doch längst tot.“

„Eben.“

Danach hielten sie sich noch fester an der Hand und redeten nicht mehr. Voller Angst blickten sie sich ständig um. Zitternd, mit nassen Füßen und vor Kälte schniefend stolperten sie mühsam durch die Dunkelheit.

„Blöde Idee, ich weiß“, flüsterte Cam schließlich in die Dunkelheit. „Aber was machen wir, wenn das hier eine Falle ist? Wenn Thantos uns hierher geschickt hat …“

„Warum und wofür?“

„Keine Ahn…“ Cam schrie laut auf. „ETWAS HAT MICH GERADE ANGEFASST …“

Alex schluckte heftig. „Nehmen Sie Crestos Anti-Geister-Creme“, versuchte sie zu scherzen. „Der Gestank reißt jedem Gespenst das Hemd vom … äh …“

Cam drückte ihre Hand noch fester und zischte: „Sei still!“

Alex stotterte: „Ich hab etwas gerochen, Cam. Es ist … eine Person … ein Mensch, aber er ist nicht wirklich da, alt, weißt du, wie Leila. Eine *uralte* Person.“

„Du meinst – t-t-tot?“, fragte Cam mit klappernden Zähnen.
„Na ja … ja, ich glaub schon. G-Geister oder so. Ich glaube, wir sind irgendwo, wo wir … eigentlich nichts zu suchen haben …“
„Das ist die Untertreibung des Jahrhunderts“, flüsterte Cam. „Aber wir können uns nicht einfach absetzen. Dylan muss hier irgendwo sein, okay? Du hast ihn gerochen. Und ich spüre, dass er hier ist. Irgendwo.“
Plötzlich streifte ein warmer Lufthauch über Alex’ Haar und Cams Wange. *Geht zurück, ich flehe euch an!*, hörten sie eine tiefe, klagende, drängende Stimme.
Alex fuhr sich hastig mit der Hand durch die Haare. Der geisterhafte Windhauch hatte ihr eine Gänsehaut über den Kopf gejagt. „Hast du das gehört?“, flüsterte sie Cam zu. „Eine Frauenstimme. Jung, traurig …“
„Nein.“ Cam strich sich über die Wange, wo sie noch immer eine leichte, angenehme Wärme spürte.
„Traurigste Stimme, die ich je gehört hab“, murmelte Alex. „Wo sind wir hier überhaupt?“
„Auf einem Friedhof“, antwortete Cam mit absoluter Sicherheit, ohne zu wissen, woher sie diese Gewissheit hatte.
Alex nickte im Halbdunkel. „Könnte ein Hexenfriedhof sein. Eine Art … Gräberfeld …“
Sie mussten sich in der Nähe der Bucht befinden, denn jetzt hörten sie die Meeresgeräusche – schrille Möwenschreie und Wellen, die auf den Sandstrand schwappten.
„Schau mal, dort!“, rief Cam plötzlich aufgeregt. „Das ist doch der Baum, an den sich Dylan lehnte!“
Wenn ihr ihn liebt, dann geht!, raunte die drängende Stimme wieder.
Alex wirbelte herum. „Wer bist du? Wo bist du?“

Aber es war niemand da. Niemand antwortete.
Und dann sahen sie Dylan! Er war am Fuß des gewaltigen Baumes zusammengebrochen. Er lag mit geschlossenen Augen, und seine Hände umklammerten noch immer die Mütze von RideBoy.
Um seinetwillen: Wenn ihr ihn liebt, dann geht von hinnen!, raunte die unglückliche Stimme in ihrer altertümlichen Sprache noch drängender. *Führt ihn nicht auf diesen Pfad!*
„Alex!“, schrie Cam und brachte Alex wieder in die Wirklichkeit zurück. Cam kniete neben Dylan auf dem aufgeweichten Waldboden und zog ihn an sich. „Komm schnell! Er atmet! Ich glaub, es ist alles okay.“
„Dylan!“, schrie Alex aufgeregt und rannte hinüber. Als sie näher kam, sah sie, dass Dylans Gesicht nicht nur mit Erde beschmiert war, sondern auch mit rotbraunen Blutspuren. „Er hat Platzwunden. Dieser Gangster muss ihn niedergeschlagen haben …“
Cam lief zum Strand und durchsuchte ihre Taschen verzweifelt nach einem Päckchen Taschentücher. Das Meer lag vor ihr, dunkel und bedrohlich, wie ein düsteres Vorzeichen. Mit klammen Fingern tauchte Cam die Taschentücher in das kalte Meerwasser und lief zu Dylan zurück. Als sie sein Gesicht wusch, begann er sich zu bewegen und kam zu sich.
„Tut mir Leid“, waren seine ersten Worte, als er sie erkannte. „Alles ging schief. Der Typ hat mich kalt erwischt. Ich hätte nicht allein hingehen dürfen …“
„Hey, kein Problem“, versicherte ihm Alex. „Wir haben dich ja gefunden. Und du hast noch alles dran, soweit ich sehe. Gleich geht’s dir besser. Warte nur, bis wir dich vom Baum gekratzt und behandelt haben …“
Cam klatschte ihm gerade ein nasses Taschentuch auf die

Stirn und Dylan zuckte zurück, wobei er sich den Kopf am Baumstamm anstieß.

„Oh Gott", stöhnte Dylan. „Im Vergleich zu euch war der Typ ja fast zärtlich …"

„Nichts geht über Geschwisterliebe", erklärte Cam und tätschelte ihm mit eiskalten Fingern die Wange.

Dylan versuchte aufzustehen, konnte sich aber nicht auf den Beinen halten. „Seinem nächsten Opfer wird's noch dreckiger ergehen", meinte er. „Er hat es schon ausgesucht. Ich hab's gehört, als ich hinten in seinem Transporter saß. Hab gehört, dass er sich mit jemandem verabredete. Immer dieselben Lügen. Dass er sechzehn sei. Dass er auf Paragliding stehe und Floßfahrten im Wildwasser und Snowboarden. Soviel ich mitgekriegt hab, ist sie ihm glatt auf den Leim gegangen."

Das lange Reden hatte Dylan erschöpft. Er ließ sich schwer gegen den Baumstamm sinken. Seine Augen fielen zu.

„Ist das seine Mütze?", fragte Alex. „Kenya hat genau so eine Mütze beschrieben." Sie warf ihrer Schwester einen Blick zu und telepathierte ihr: *Wir haben seine Mütze, also können wir herausfinden, wo sich der Typ aufhält – dank Onkel T.*

Prima, Miss Clever, telepathierte Cam spöttisch. *Bestimmt liegt hier irgendwo ein Quarzkristall herum. Und die Allbaumwurzel und das Brunzkraut fallen von den Bäumen …*

Aus dir wird nie 'ne richtige Hexe, gab Alex still zurück. *Das heißt Alraunwurzel. Und Bilsenkraut. Aber was soll's – voilà!* Sie warf ihrer Schwester etwas in den Schoß.

Verblüfft starrte Cam den Gegenstand an. *Onkel Düsters Kräuterbeutel!* Sie war echt beeindruckt. *Wie hast du …?*

Ich bin eben Miss Clever, hast du doch gerade selbst gesagt! Im Ernst: Ich bin halt eine Superhexe. Wollte das Ding haben – hab es angestarrt – es herbeigewünscht und – bingo!

Vorsichtig nahm Alex RideBoys Strickmütze aus Dylans Hand.
„Er hat mich aus dem Wagen gestoßen", murmelte Dylan undeutlich. „Hab mich irgendwie an ihm festklammern wollen, als er mich rauswarf, und hatte dann nur noch seine Mütze in der Hand. Aber ich hab seine Autonummer. Wie geht's Kenya?"
„Entschieden besser als Mum und Dad", sagte Cam mit viel Betonung.
„Oh Mannomann", stöhnte Dylan und vergrub verzweifelt den Kopf in den Armen. „Ich hab wirklich alles versaut."
„Kein Einspruch, Euer Ehren."
„Aber du hast diesen Gangster auch aus der Reserve gelockt", erinnerte ihn Alex und wischte Laub und Lehm aus Dylans Haar. „Ich meine, seine Autonummer hast du. Du kannst ihn den Bullen beschreiben. Und Kenya kann erzählen, was sie weiß. Und vergiss seine Mütze nicht! Das könnten ziemlich wertvolle Informationen sein. Reicht vielleicht sogar aus, um ihn einzubuchten." Sie warf Cam einen verstohlenen Blick zu. *Vielleicht können wir uns ein paar Minuten absetzen, um Onkel T's Trick auszuprobieren?*, fragte sie ihre Schwester in Gedanken. Laut sagte sie: „Erdrückende Beweise, würde ich sagen."
Cam nickte. „Weißt du was, Dyl? Mein Handy funktioniert hier unten nicht. Funkloch. Alex und ich gehen ein Stück am Strand entlang. Vielleicht habe ich dort Empfang. Du bleibst am besten einfach ein paar Minuten lang hier sitzen und ruhst dich aus …"
„Okay", murmelte Dylan benommen.
„Wir sind in ein paar Minuten wieder da", sagte sie beruhigend, als sie mit Alex davonging.

„Wieso nimmst du Alex mit, wenn du nur mal telefonieren willst?“, rief Dylan ihr nach.

Cam und Alex blieben stehen und blickten sich verblüfft an. *Verdammt gute Frage,* hörte Cam ihre Schwester denken. Er ist gar nicht so fertig …

Sie drehten sich zu ihm um, aber Dylans Augen waren bereits wieder zugefallen und er atmete schwer, aber gleichmäßig. „Der checkt nichts mehr“, flüsterte Cam. „Wir können uns die Antwort sparen. Mir wäre sowieso grad keine eingefallen.“

„Komm schon“, drängte Alex. „Wir beten Onkel T's Zauberspruch runter, schauen nach, wo Pudelmütze auf der Lauer liegt und sind in einer Minute wieder da.“

Sie stiegen zur Bucht hinunter. Das Meer war unruhig und starker Wind blies. Sie gingen am Strand entlang, der zum Land hin dicht mit hohem Schilf bewachsen war, bis sie unerwartet eine Schneise im Schilf fanden. Sie führte landeinwärts, zwischen den raschelnden Schilfhalmen und Rohrkolben hindurch. Schließlich erreichten sie wieder den Waldrand, aber an einer anderen Stelle, und folgten einem alleeähnlichen Weg, der tief in den Wald hineinführte, bis sie zu einer Lichtung kamen. Büsche und Bäume waren gerodet worden. Die Lichtung bildete einen fast perfekten Kreis, der von Steinen und seltsam anmutenden, herrisch und bedrohlich wirkenden immergrünen Pflanzen eingesäumt wurde.

Eisiger Wind fegte durch die Äste der Bäume und jagte den Zwillingen Kälteschauer über den Rücken – oder war es nicht nur Kälte?

Alex starrte an den gewaltigen Fichten und Tannen empor. „Vielleicht ist das hier … nicht ganz der richtige Ort …“, flüsterte sie. „Irgendwie ist die Stelle hier hässlich … oder verflucht oder unheimlich, meinst du nicht auch?“

„Absolut gruselig", stimmte Cam zu. „Hier ist etwas … ich kann's aber nicht erklären, Alex, aber es erinnert mich irgendwie an Karsh … Aber nicht unser Karsh. Nicht unser lustiger, unheimlich lieb aussehender, weißbärtiger, gütiger Großvormund, sondern ein kalter, grauer, verlorener Karsh …"

Alex schüttelte sich und zerrte trotzig Thantos' Lederbeutel heraus. „Fangen wir an", sagte sie lauter als nötig. „Wir finden raus, wo RideBoy steckt. Dann rufen wir die Bullen an. Und dann hauen wir wieder ab. Und zwar presto."

Kapitel 16

ENTSCHEIDUNGEN

Ileana war ausgesprochen sauer. Sie hielt absolut gar nichts davon, immer an allem allein schuld zu sein.
Schon der bloße Gedanke an Thantos brachte sie zur Weißglut. Sie stürmte durch ihr Cottage und zählte die Gründe für ihre Wut in einer solchen Lautstärke auf, dass die Wände bebten: „Erstens: Der Schuft hat Miranda getäuscht. Alles aus Gier nach Macht und Geld! Immer tut er so, als sorge er für sie. Ha! In Wahrheit nützt er ihren Gemütszustand schamlos aus! *Scham-los*! Miranda konnte sich ja eh an nichts mehr erinnern, die hatte irgendwie eine Blockade, einen Black-out! Sie hatte keine Ahnung, was damals wirklich passiert war! Thantos brauchte ihr also nur seine Version ein paarmal vorzubeten, und natürlich hat sie ihm alles geglaubt! Aber das war reine Erfindung, und er hatte dabei nur seine egoistischen Interessen im Kopf!"
Ileanas widerspenstiges Haar stand in alle Richtungen. Zornig stapfte sie mit dem Fuß auf, als sie daran dachte, dass Thantos, zweitens, Camryn und Alexandra einzig und allein von ihrer Aufgabe ablenken wollte, sich um Mitmenschen in der Not zu kümmern. „Thantos will nur, dass sie ihm dienen! Ihm, dem Größten aller Hexer!" Sie schnaubte verächtlich.

Für sie gab es keinen Zweifel, dass Thantos wahrhaftig allmächtig werden würde, wenn er erst einmal die gesamte Macht von Arons Familie auf seiner Seite hatte. Wehe allen, die ihm im Weg standen! Und wenn sich zeigte, dass die Zwillinge zu clever waren, um unter seinen Bann zu fallen? „Dann legt er sie um! Ohne mit der Wimper zu zucken!"
Aber am meisten; „Drittens!", brüllte Ileana ihr Spiegelbild an, weil sie eben am Garderobenspiegel vorbeikam – am meisten machte sie Thantos für das verantwortlich, was sich am Tag ihrer eigenen Geburt abgespielt hatte. Er hatte sich nicht nur geweigert, sie als Tochter zu akzeptieren, nein: „Er hat mich immer wie eine ganz *gewöhnliche* Fremde, wie eine ausgesprochen *lästige* Fremde behandelt!" Ileana hätte jederzeit zugegeben, dass sie manchmal ziemlich lästig sein konnte, aber *gewöhnlich*? Nie und nimmer.
„Viertens ist natürlich auch Miranda nicht völlig unschuldig! Wie konnte sich eine Hexe dermaßen verschaukeln lassen? Früher war sie doch so vernünftig und hatte gewaltige Zauberkraft!" Ileana seufzte und schlug die Hände vors Gesicht. Das war nicht mehr die Miranda, die in Ileanas Erinnerung lebte, nicht mehr der freundliche, hell scheinende Stern, den Ileana immer angebetet hatte – und der sie immer hatte sein wollen. Wie konnte eine so herausragende und mächtige Frau dermaßen verfallen? Was konnte sie jetzt noch ihren Kindern beibringen? „Nichts! Absolut nichts!", davon war Ileana überzeugt. Und welche Art von Mutter war sie, dass sie einen gefährlichen, übergeschnappten Hexer als „Beschützer" zu ihren eigenen Kindern schickte?
Als Mutter war Miranda völlig ungeeignet – sie hatte weder die Erfahrung noch die richtigen Instinkte dafür, folgerte Ileana. Man durfte Miranda unmöglich als Mutter auf die

Zwillinge loslassen, denn sie würde den Mädchen die gesamte Zukunft vermasseln.
Doch Ileanas größte Wut galt sich selbst. „Wieso musste ich ausgerechnet jetzt meine ganze Zauberkraft verlieren?“ Wie konnte sie sich so tief in den Kessel des Selbstmitleids fallen lassen, dass sie nicht mehr von allein herauskam und den Zwillingen nicht mehr helfen konnte – den Mädchen, die ihr anvertraut worden waren, ihren eigenen Cousinen!
Erschöpft blieb Ileana stehen und warf ihren schweren Umhang ab. Geistesabwesend glättete sie den Saum des mitternachtsblauen Kleides, das sie darunter trug. Keine besonders gute Idee, in diesem Zustand nach Marble Bay zu gehen!, machte sich eine innere Stimme lustig. Wie willst du denn den Zwillingen helfen, so ohnmächtig, wie du bist?
Aber da meldete sich noch eine andere Stimme: Du hast doch gar keine Wahl! Du bist schließlich ihr Vormund, ihre Beschützerin!
Ileana seufzte. Miranda hatte Thantos zu ihnen geschickt – Lord Thantos der Böse, der absolute Publikumsliebling in der Quizshow *Rabenvater der Nation.* Wenn er den Zwillingen seine Hilfe anbot, musste das unweigerlich in einer Katastrophe enden.
Ileana zitterte plötzlich. War sie vielleicht schon so erschöpft wie Miranda? Wie würde es wohl sein, wenn sie den Rest ihres Lebens ohne ihre Zauberkraft verbringen müsste? „Nein!“, brüllte sie laut und stampfte trotzig mit ihren hohen, spitzen Absätzen auf den Parkettboden. „Das passiert mir nicht, niemals! Das lass ich nicht zu!“ Sie würde ihre Kräfte durch schiere Willenskraft wieder zurückgewinnen, basta! Wenn überhaupt jemand es schaffte, Zauberkräfte nur durch den eigenen Willen zurückzubekommen, dann war sie das!

Sie holte tief Luft und zwang sich, sachlich nachzudenken. Sollte sie Karsh bitten, sie nach Marble Bay zu begleiten? Nein, sie würde doch lieber darauf verzichten. Wahrscheinlich würde er doch nur versuchen, sie davon abzuhalten, würde den allerletzten Zaubertrick aus dem Hut holen, um sie hier an ihre Wohnung zu ketten, und am Schluss würde er sie zu überreden versuchen, ihn selbst gehen zu lassen. Das fehlte noch! Dann würde ganz Coventry sehen, was für ein jämmerlicher Schwächling sie geworden war. Eine absolute Fehlbesetzung.

„Kommt nicht in Frage!" Die Wut war wieder da. Ileana mochte ihre Zauberkraft verloren haben, aber noch lange nicht ihren Stolz. Von ihrem Verstand ganz zu schweigen.

„Los geht's!", rief sie entschlossen. Sie raste in ihr Schlafzimmer und riss Kleider und Schuhe aus dem Schrank. Doch plötzlich hielt sie inne und ließ sich auf die Bettkante sinken.

Da war allerdings noch ein kleines Problem – hoffentlich nur kurzfristig. Sie hatte keine Ahnung, wie sie so schnell nach Marble Bay gelangen sollte. Ihre Zaubersprüche funktionierten nicht. Eigentlich war sie auch ohne Karshs Zaubersprüche der Vogel mit gestutzten Flügeln, in den er sie verwandeln würde, wenn er von ihren Plänen erfuhr. Sie hatte keine prächtigen Flügel, die sie in dieses Kaff nach Massachusetts tragen würden. Sie hatte nicht mal eine Schwanzfeder. Und alle anderen Transportmittel würden viel zu lange brauchen.

Also biss Ileana die Zähne zusammen und beschloss, etwas zu tun, wozu sie sich noch nie hatte überwinden müssen: Sie musste jemand anderes um Hilfe bitten. Und nachdem sie ihren Stolz hinuntergeschluckt hatte, rief sie Brice Stanley zu Hilfe.

Brice Stanley – der junge Hexer, dem sie beinahe einmal ihr

Herz geschenkt hatte und der sie so schmählich betrogen hatte. Beim Prozess gegen Fredo hatte er als Zeuge für Thantos ausgesagt – und Ileana hatte ihn auf der Stelle aus ihrem Leben verbannt.

Heute allerdings war die eigenwillige junge Hexe geneigt, die Verbannung kurzfristig aufzuheben. Denn erstens war sie in einer verzweifelten Lage. Und zweitens besaß Brice, der gefeierte Filmstar, einen Privatjet.

Der würde sie am schnellsten zu den Zwillingen bringen. Sie wusste, wie er reagieren würde, und so kam es auch: Brice, der gerade vom Magazin *People* zum Hollywood-Star des Jahres gewählt worden war, lechzte geradezu danach, ihr seinen Privatjet zu schicken. Ileana war überzeugt, dass er wahrscheinlich glaubte, mit seinem lächerlichen Flatterdings direkt in ihr Herz zurückfliegen zu können. Nun ja, er würde noch früh genug feststellen, dass er dort Landeverbot hatte.

Normalerweise war Ileana ziemlich nachtragend. Sie dachte gar nicht daran, Brice zu vergeben, nicht mal dann, wenn er ihr die *Concorde* schicken würde. Nur hatte der Verlust ihrer Zauberkraft auch eine gute Seite: In ihrer Verzweiflung war Ileana gezwungen, ausgesprochen praktisch zu denken und ihren manchmal übertriebenen Stolz hintanzustellen. Jedenfalls hatte sie im Moment glasklar erkannt, dass es keinen schnelleren, bequemeren und leichteren Weg gab, um zu Cam und Alex zu gelangen.

Karsh machte sich große Sorgen. Die Zwillinge gingen ihm nicht aus dem Kopf. Er wurde an einem Ort gebraucht, zu dem er nicht gehen konnte. Er hatte versucht, ihnen telepathisch zu helfen, und hatte seine Vision, wo sich Dylan befand, an Camryn „weitergeleitet“. Alexandra hatte er den Längen- und den Breitengrad mitgeteilt. Er hatte größtes Vertrauen in Mirandas und Arons Töchter. Sie würden das Leben des Jungen retten. Dafür würden sie ihn nicht brauchen.

Aber trotzdem. Er war nervös. Was war, wenn irgendwas bei der Sache schief lief? Etwas, womit die beiden Mädchen, die noch keine Weihen empfangen hatten, nicht fertig werden konnten?

Karsh starrte nachdenklich durch das Fenster. Ileanas mürrischer Kater Boris stolzierte am Waldrand entlang. Und plötzlich wurde ihm absolut klar: Seine Ziehtochter, diese herrische, eigensinnige, über alle Maßen stolze Hexe, war den Zwillingen zu Hilfe geeilt. Oder jedenfalls war sie auf dem Weg.

Karshs Besorgnis steigerte sich in Sekundenschnelle auf Alarmstufe eins. Wie kam sie nur auf die Idee, dass sie mit Thantos fertig werden konnte? Sie würde blind vor Hass sein. In ihrem gegenwärtigen Zustand war sie machtlos und ihr Stolz würde ihr schließlich das Ende geben. Die Tragödie war unausweichlich, wenn es ihm nicht gelang, sie abzuwenden.

Aber genau das konnte er nicht. Jeder vernünftige Gedanke, jede einzelne Zelle in seinem alten Körper warnte ihn davor, sträubte sich dagegen. Außerdem wurde er hier gebraucht, um die Wahrheit weiterzugeben, um den Zwillingen die Türen ihrer Zukunft zu öffnen. Gerade jetzt durfte er es nicht riskieren, Coventry Island zu verlassen – und schon gar nicht, um sich in die Wälder von Salem zu begeben.

Aber konnte er wirklich hier bleiben? Ileana war für die Zwillinge verantwortlich; aber er, Karsh, war für Ileana verantwortlich. Welche Wahl hatte er also? Wenn er sich nicht einmischte, würde sich das Schlimmste ereignen …

Er durfte jetzt nicht einmal daran denken. Denn er brauchte nun seine ganze Intelligenz und Energie, um diese eine Entscheidung zu treffen.
Sekunden vergingen, die ihm wie Stunden erschienen. Karshs Herz war plötzlich schwer geworden: Er wusste nun, was er zu tun hatte. Im Keller seines Hauses befand sich eine sehr alte Holztruhe. Er hatte sie noch nie geöffnet, aber er wusste, was sich darin befand. Den größten Teil des Inhalts würden später andere aussortieren. Was er jetzt brauchte, lag ganz unten in der Truhe. Es war ein schöner Umhang, mit Goldfäden gewirkt und mit funkelnden Edelsteinen besetzt.
Karsh hatte diesen Umhang noch nie getragen. Und er hatte auch nie geglaubt, dass er ihn jemals selbst um seine Schultern legen würde – solange er lebte und aus freien Stücken. Dennoch geschah es jetzt. Nachdem er seinen besten Anzug aus dem Schrank gekramt und angezogen hatte, legte er den eindrucksvollen Umhang mit feierlicher Bewegung um die Schultern.
Noch etwas hatte Karsh zu erledigen, bevor er aufbrach. Das Notizbuch, in dem er so sorgfältig alles aufgeschrieben hatte, was Ileana und die Zwillinge erfahren mussten, lag noch immer in der als Buch getarnten Schatulle, in der er es hastig versteckt hatte, als Miranda so überraschend an seiner Tür erschienen war.
Bevor er das Haus verließ, um diesem unzähmbaren Kind zu folgen, das er wie sein eigenes aufgezogen hatte, holte Karsh das Notizbuch heraus und versteckte es in dem Buch mit dem passendsten Titel, den er finden konnte: *Vergebung oder Rache: Die Wiedergutmachung von Unrecht.* Er küsste das abgegriffene Buch, bevor er es in das Regal zurückstellte.

Ihr Vater war rücksichtslos, treulos und absolut gewalttätig – ein Hexer aus dem reichsten Clan von Coventry Island. Ihre Mutter war einfacher, aber ehrgeizig, gierig, verräterisch; sie stammte von berüchtigten Betrügern und Verbrechern ab. Aber weil sie keine Hexe war, waren Tsuris und Vey nur Halbhexer.

Beide Eltern hatten ihnen viel von ihrem Charakter und wenig von ihrem eigenen Verstand vererbt. Und da schon die Eltern wenig Verstand hatten, waren die Söhne noch schlechter weggekommen.

Sie waren bei ihrer Mutter auf dem Festland aufgewachsen – in einem hübschen kleinen Strandhaus in Malibu. Da sie nicht auf der Insel gelebt hatten, wo man sie hätte ausbilden können, beherrschten sie so gut wie keine Zauberkünste. Ignoranten wurden sie von manchen Leuten genannt, aber Tsuris und Vey wussten noch nicht einmal, was dieses Wort bedeutete.

Doch eins hatten sich Tsuris und Vey gemerkt: Früher hätten sie Anspruch auf ein riesiges Erbvermögen gehabt. Aber jetzt saß ihr Vater hinter Schloss und Riegel, und wie ihnen ihre Mutter erklärt hatte, war deshalb auch ihr Erbe bedroht.

Und das alles hatten sie diesem bösartigen, eitlen Weib zu verdanken, das ausgerechnet hinter Brice Stanley her war, dem Filmstar, den auch ihre Mutter vergötterte. Und als ob das nicht schon schlimm genug gewesen wäre: Miss Ileana DuBaer war auch noch die Tochter von Onkel Thantos! Infolgedessen würde sie wahrscheinlich später einmal den gesamten Goldhaufen kassieren. Das Miststück Ileana hatte auf gerissene Weise dafür gesorgt, dass Tsuris und Vey leer ausgehen würden, indem sie ihren Vater ins Gefängnis gebracht hatte.

Klar, dass Ileana dafür büßen musste. Das hatte ihnen Mama befohlen. Und Tsuris und Vey würden dafür sorgen.
Am Rock-Mount-Friedhof hatten sie eine Gelegenheit verpasst. Sie waren überzeugt, dass Ileana als Nächstes wieder in Karshs Haus auftauchen würde. Also gingen sie dorthin, versteckten sich und warteten.
Weil sie nicht einmal die einfachsten Hexenkünste beherrschten, ganz zu schweigen von fortgeschrittenen Techniken wie Gedankenlesen, hatten sie auch keine Ahnung, was der Alte vorhatte, sondern rissen verblüfft die Augen auf, als sie ihn in einem irren Karnevalkostüm aus dem Haus treten sahen.
Sie beschlossen, ihm trotzdem zu folgen.

Kapitel 17

DER TRICK MIT DER MÜTZE

Sie blickten in einen engen Raum mit Metallwänden, fensterlos und düster. Billige schwarze Samtstoffe und Kunstfelle mit Leopardenmuster stapelten sich an den Wänden. Auf dem Boden lag ein zerschlissener Teppich, der an manchen Stellen so zerrissen war, dass der rostige Fußboden durchschien.
Dylan war in einer Ecke zusammengebrochen und erst als Cam und Alex ihn sahen, wurde ihnen klar, dass sie in den Laderaum des RideBoy-Transporters blickten, den RideBoy offenbar so ausstaffiert hatte, dass er ihm als geheime Höhle dienen konnte. Dylan lag zusammengerollt auf der Seite. Auf seiner Wange war ein Bluterguss zu sehen; sie war stark angeschwollen und die Haut war abgeschürft. Alex und Cam schauten von oben auf ihn hinab.
„Cleverer Junge, was?", hörten sie eine Männerstimme. „Du hältst dich wohl für Null-Null-Sieben, wie?"
„Und du? Du hältst dich für Jack the Ripper?", fragte Dylan verächtlich und rollte sich auf den Rücken. „Hast wohl einen Schulmädchenkomplex?"
Eine Faust krachte gegen seine verletzte Wange. Die verkrusteten Kratzer platzten wieder auf und Blut rann heraus. Dylan versuchte, auf die Beine zu kommen, obwohl seine Hände mit

einer Wäscheleine gefesselt waren. Wieder tauchte RideBoys Hand aus dem Nichts auf und stieß ihn zurück.

„Er ist gefesselt!", flüsterte Cam entsetzt.

„Fuchtle nicht mit dem Kristall herum", befahl Alex streng und rümpfte die Nase. Ihre Hände stanken nach verbrannter Alraunwurzel und Bilsenkraut. Eigentlich hatte sie nicht die geringste Lust, hier zitternd vor Kälte auf dieser unheimlichen Lichtung herumzustehen, die nach Sumpf und Brackwasser stank und von einem gruseligen Steinkreis umgeben war. Aber wenigstens funktionierte der Zauberspruch, den Thantos ihnen beigebracht hatte. Cam und Alex sahen Dylan aus der Perspektive seines Kidnappers.

„Er setzt sich wieder auf den Fahrersitz", sagte Cam. „Alex! Ist das nicht die Straße, die wir gerade entlanggefahren sind? Er fährt nach Salem …"

„*Volltreffer.* Und dort wird er Dylan im Wald rauswerfen", erinnerte Alex ihre Schwester. „Und dann kommt die Liste der Mitwirkenden und das Kino ist aus …"

Sie öffnete die Augen, reckte sich und blinzelte, um ihre Augen wieder an die Dämmerung zu gewöhnen. Cam presste noch immer die Augen zusammen und hielt den Kristall und die Mütze fest in ihren Händen.

Alex hatte Recht: Es war fast so, als verfolgten sie eine TV-Serie. In Teil eins waren sie Dylans Ohrring gefolgt. Die heutige Episode zeigte, was passiert war, nachdem der Ohrring herausgefallen war.

Cam rief sich die gerade gesehenen Bilder noch einmal in Erinnerung: Der bierbäuchige Typ hatte plötzlich aufgeblickt, ja er war sogar richtig erschrocken, als Dylan „Hey, Mann, warte!" rief. Aus seiner Perspektive sahen sie, wie Dylan langsam auf den Mann zuging.

„Was willst du?", rief ihm der Mann aggressiv entgegen. „Hey, was fällt dir ein, meine Nummer aufzuschreiben? Du hast wohl nicht alle, was?"
Tatsächlich hatte Dylan im Näherkommen die Autonummer aufgeschrieben und dann ein Handy aus der Tasche gezogen. Er musste es von Kenya ausgeliehen haben, dachte Cam, oder vielleicht von Robbie Meeks. Doch Dylan kam gar nicht zum Telefonieren – kaum hatte er den Apparat in der Hand, als auch schon das Hängebauchschwein heran war, ihm das Telefon brutal aus der Hand schlug und ihn in den Schwitzkasten nahm. Er schleppte Dylan zu seinem rostigen roten Transporter und riss mit der freien Hand die Schiebetür des Laderaums auf.
Dylan wehrte sich heftig. Er landete eine Serie recht ordentlicher Boxhiebe, kickte den Mann mehrmals in die Waden und hätte es beinahe geschafft, sich aus dem Klammergriff zu befreien, aber in diesem Augenblick zog der Typ ein Rohrstück aus der Tasche und löschte Dylans Lichter mit einem kurzen, gezielten Schlag auf die Schläfe aus.
„Dieser Fiesling!", hatte Alex wütend gebrüllt, als der Mann Dylan in den Laderaum warf und die Schiebetür zuknallte.
Jetzt starrte Cam noch immer auf den Quarzkristall. „Uff", sagte sie. „Das war's dann wohl. Bin ich froh, dass ich schon weiß, dass Dylan nicht ernsthaft verletzt wird! Da! Das Schwein will Dylan aus dem Wagen werfen! Dylan versucht, ihn am Kopf zu packen, aber natürlich sind seine Hände gefesselt. Alex, schau doch! Er hat seine Mütze erwischt. Und da segelt mein Brüderchen aus dem Transporter und rollt den Abhang hinunter, überschlägt sich ein paarmal, kracht gegen Baumstämme und landet in einem Abwassergraben. Großer Thantos! Kein Wunder, dass er wie ein Wrack aussah, als wir

ihn fanden!“ Sie richtete sich auf, ein wenig grün im Gesicht. „Das war echt superätzend.“
„Bleib dran“, drängte Alex und presste Cams Hand um die Mütze. „Vergiss nicht, dass wir RideBoy finden müssen, bevor er irgendein anderes naives Mädchen aufreißt …“
„Weißt du noch, wie der Spruch hieß?“, fragte Cam. „War’s nicht so ungefähr: *Zeig uns durch die dreckige Mütze des Typs, wie … äh …*“
„Du bist eine großartige Dichterin“, grinste Alex spöttisch. „Aber vielleicht sollten wir den Spruch doch lieber richtig aufsagen.“
„Wenn’s denn sein muss.“ Cam verdrehte die Augen. „*Lasst uns durch diese Dinge sehen* … äh … Mach du mal weiter, mir fällt der Rest gerade nicht mehr ein.“
„*… lasst diese Dinge uns verkünden, wo wir den bösen RideBoy finden.*“
Cam warf Alex einen anerkennenden Blick zu, doch plötzlich wurden ihre Augenlider schwer und schlossen sich. Ihre Herzen schienen stillzustehen, als sie zurückgeschleudert wurden, hoch über den Lastwagen und die Autobahn hinweg, bis sie von hoch oben den rostigen, blutroten Lastwagen sahen, der auf das Stadtzentrum von Salem zusteuerte.
Nach einer Weile rumpelte der Transporter gemächlich über das Kopfsteinpflaster einer Straße, die zum Hafenviertel mit dem historischen Kai führte, den man vollständig restauriert hatte. RideBoy kreiste dreimal um das Viertel, und jedes Mal fuhr er noch langsamer.
Die Zwillinge sahen den Pier unter sich, auf dem sich viele Gestalten bewegten – Touristen. Ein Mädchen saß an einem Tisch, der vor einer Imbissbude stand. Sie betrachtete die verstreute Menschenmenge, reckte immer wieder suchend den

Hals, schaute sich ständig um. Offensichtlich suchte oder wartete sie auf jemanden.
„Dort ist sie!", rief Alex. „Sein nächstes Opfer! Wir müssen sie irgendwie warnen!"
„Alex, schau mal, dort vor dem Geschenkladen steht ein Polizeiauto!", schrie Cam aufgeregt.
„Na super. Deshalb hat er wahrscheinlich nicht angehalten. Pudelmütze scheint was gegen Bullen zu haben."
„Ich rufe sie an", sagte Cam. „Ich rufe einfach den Notruf 911 und erkläre, was los ist …"
„Kannst du die Nummer auf dem Streifenwagen lesen?", fragte Alex. Sie hatte die Augen noch immer geschlossen und hielt Cams Hand. „Dann könntest du der Notrufzentrale gleich sagen, dass schon ein Streifenwagen in der Nähe ist."
„Okay, ich hab die Nummer." Cam löste sich von Alex, klappte ihr Handy auf und gab die Notrufnummer ein.
Alex warf mit angeekeltem Grunzen die Strickmütze weg und ging in Richtung Strand. Sie wollte die Pflanzenasche von den Händen waschen. Und sie wünschte, sie könnte genauso leicht die Erinnerung an die hässlichen Szenen abwaschen, die ihr durch Thantos' Zaubertrick enthüllt worden waren.
Noch bevor sie die Lichtung verlassen hatte, verspürte sie urplötzlich eine unerklärliche Angst – ihre schmutzigen Hände, das Gefühl, dass dieser Wald nur so von Geistern wimmelte, die Stimmen, die sie gehört hatte, der unheimliche Steinkreis, auf den sie mitten im Nirgendwo gestoßen waren, das dichte feuchte Laub und der sumpfige Boden unter den Füßen, selbst das Säuseln des Windes in den Blättern … und Cams Vorahnungen oder Visionen von Karsh, den sie als kaltes, graues, völlig verändertes Wesen gesehen hatte – alles ängstigte sie, versetzte sie in Panik.

Der blasse Mond ist der einzige Trost in diesem Elend, dachte Alex. Ein Käuzchenruf hallte durch die Baumwipfel und ließ sie zusammenzucken.
Aber wo war Karsh? Wo blieb Ileana? Hatte Mirandas Auftauchen etwas damit zu tun, dass die beiden verschwunden waren?
Alex schüttelte sich. Obwohl die Nacht kühl war, schwitzte sie plötzlich. Heiße Wut stieg in ihr auf.
Von der Straße weiter oben fing ihr hyperempfindliches Gehör das Zuschlagen einer Autotür auf. „Kein Transporter, eher was Kleineres", sagte sie sich.
Alex versuchte, ihren Atem zu beruhigen und wieder einen klaren Kopf zu bekommen. Was für ein Wechselbad der Gefühle! Eben noch war sie verwirrt gewesen, und dann plötzlich war die Verwirrung in Wut umgeschlagen. Alex konnte alles ertragen – jede Menge Ärger, Ablehnung, Gereiztheit –, aber nicht Traurigkeit, Selbstmitleid und Enttäuschung. Damit kam sie nicht zurecht. Gefühle!, dachte sie unglücklich. Was bedeuten sie schon! Viel wichtiger war die Frage, ob Karsh und Ileana vielleicht einen Tausch vorgenommen hatten? Miranda war jetzt wieder da, und Alex konnte sich durchaus vorstellen, dass Karsh und Ileana mit ihr eine verrückte Abmachung getroffen hatten, ohne den Zwillingen davon zu erzählen: nämlich, dass sich jetzt Miranda und Onkel Thantos an Stelle von Karsh und Ileana um die Zwillinge kümmern würden.
„Hilfe …"
Alex wirbelte herum.
„… kommt!", schallte es recht kläglich von einer Gestalt, die im hellen Mondlicht den Hügel herunterkullerte und unsanft im dichten Farngesträuch am Fuß eines großen Baumes land-

ete. Die Gestalt richtete sich mit schmerzverzerrtem Gesicht auf – eine hübsche Blondine in einem Cape aus kobaltblauer Seide.

„Ileana!", rief Alex erstaunt und erleichtert.

„Da bist du ja endlich!", rief Cam am anderen Ende der Lichtung, verstaute ihr Handy in der Jackentasche und ging rasch auf die am Boden liegende Hexe zu. „Ich wusste es!"

„Hilf mir hoch!", befahl die arrogante Hexe und streckte die Hand aus.

Alex lief herbei und gemeinsam halfen sie Ileana auf die Füße. Ihr Vormund sah ziemlich mitgenommen aus. Einer der hohen Absätze an ihren Sandalen war abgebrochen. Ihr goldenes Haar, in dem sich unzählige braune Blätter und Tannennadeln verfangen hatten, wirkte ungekämmt und strähnig. Das von Natur aus blasse Gesicht sah verhärmt und eingefallen aus und dunkle Ringe unter den früher so lebhaften grauen Augen ließen sie plötzlich alt und müde erscheinen. Die Kleidung war teilweise zerrissen und schmutzig.

„Also, fangen wir an", befahl Ileana, während sie so viel Laub und Schmutz wie möglich von ihren Kleidern klopfte. „Erklärt es mir! Was für ein Problem habt ihr dieses Mal?"

Alex und Cam blickten sich verwirrt an. Normalerweise – obwohl eigentlich in Bezug auf ihren Vormund nichts völlig normal war – würde die scharfsinnige Ileana gar nicht erst fragen müssen. Schließlich hatten sie ihr das Problem ziemlich genau erklärt, als sie sie zu Hilfe gerufen hatten.

„Na ja, es geht um Dylan", sagte Cam.

„Aber wir haben ihn gefunden. Und wir haben auch den *Find…*" Alex brach ab und verbesserte sich schnell: „Wir haben auch herausgefunden, wo sich dieser fiese Typ befindet, der Mädchen im Internet anmacht."

„Ich habe gerade die Polizei angerufen und ihnen erklärt, wo sie ihn finden können“, fügte Cam hinzu.

„Und all das habt ihr ganz … ganz allein gemacht?“, fragte Ileana zögernd.

Oh nein, dachte Alex, ich hab's vermasselt. Ileana hat meine Gedanken gelesen und weiß, dass wir den *Finder* angewendet haben – einen Zauberspruch, den nur Hexen und Hexer des höchsten Grades anwenden dürfen. Alex zog schuldbewusst die Schultern hoch. Gleich würde Ileana explodieren – und dann würde ein Sturm über die Zwillinge niedergehen.

Cam hatte wahrscheinlich dieselbe Schlussfolgerung gezogen, denn auch sie zog die Schultern hoch und griff nach Alex' Hand. Sie standen da und schauten wie zwei zum Tode Verurteilte zu Ileana auf, die sie um Kopfeslänge überragte, als stünde vor ihnen der in prächtige Roben gekleidete Richter des Jüngsten Gerichts und nicht Ileana mit nur einem Schuh, zerrissenen Klamotten und Laub im Haar.

Und die Explosion kam. Aber es war ein so seltsamer Ausbruch, dass Alex und Cam sie sprachlos anstarrten.

Statt rot vor Wut loszubrüllen, sank Ileana in sich zusammen und brach in bitteres Weinen aus.

Die völlig verzweifelte und erschöpfte Hexe stand schwankend vor ihnen, schlug die Hände vor das Gesicht und ihre Schultern zuckten in heftigem Schluchzen.

Cam und Alex wussten nicht, was sie tun sollten. All ihre Instinkte befanden sich im Schockzustand. Sollten sie ihren eigensinnigen Vormund beruhigen? Doch dann mussten sie mit einem plötzlichen Wutanfall rechnen. Andererseits konnten sie kaum noch mit ansehen, wie sich die früher so kühle und selbstbewusste Ileana vor ihren Augen in ein Häufchen Elend verwandelte.

„Schaut mich nicht so an!“, rief Ileana zwischen Tränen. „Ich schäme mich so!“
Verblüfft echoten die Zwillinge im Chor: „Schämen? Warum denn?“ Und Alex fügte besänftigend hinzu: „Alles ist okay“, während Cam der aufgelösten Hexe liebevoll übers Haar streichelte.
Doch die warf den Kopf zurück und humpelte zu einem der großen Felsbrocken, die im Kreis um die Lichtung lagen, und ließ sich darauf niedersinken. „Ich bin völlig nutzlos geworden“, jammerte sie, „oder noch schlimmer: Ich werde gar nicht mehr *gebraucht*! Ihr habt mich überhaupt nicht gebraucht, sondern seid mit dieser Sache ganz allein fertig geworden! Ohne meine Hilfe. Thantos war hier, stimmt's?“
Ohne nachzudenken nickte Cam.
„Und was verlangt er dafür?“, wollte Ileana wissen. „Seid ihr schon jetzt auf die dunkle Seite übergelaufen oder wollt ihr das erst tun, nachdem ihr die Weihe bekommen habt? Nein, ihr braucht mir gar nichts zu sagen!“ Ihre Stimme verwandelte sich plötzlich in ein sarkastisches Fauchen. „Er hat euch die Ohren voll gequatscht, stimmt's? Hat euch den ganzen Coventry-Tratsch aufgetischt, möchte ich wetten! Die ganze dreckige Wäsche! Und hat er nicht zufällig auch erwähnt, *dass er mein Vater ist*?!“
„Eigentlich …“, begann Cam.
„… w-wir …“, stotterte Alex.
„Oder habt ihr das längst gewusst?“, fiel ihnen Ileana mit sich überschlagender Stimme ins Wort. „Wie die meisten Leute, außer mir natürlich! Was sag ich da über die dunkle Seite – man hat mich selbst jahrelang im Dunkeln gelassen! Aber keine Sorge: Ihr werdet mich nicht mehr lang aushalten müssen. Ich hab vor, von Coventry wegzuziehen.“

Kapitel 18

DER ANGRIFF

„Ich hab's gewusst! Ich hab's doch gewusst!", schrie Alex wütend, sodass Cam und Ileana zusammenzuckten. „Ihr habt irgendwas vereinbart, stimmt's? Du und Karsh. Ihr lasst uns einfach im Stich! Ihr haut ab und überlasst uns einer … einer Mutter, die uns total fremd ist und nicht mal einfache Zaubersprüche wie den *Reisenden* selber anwenden kann, und einem … Vater – deinem nämlich! – der so ziemlich der fieseste Hexer auf dem ganzen Planeten ist!"

Ileana, die ohnehin schon ziemlich mitgenommen aussah, war sprachlos. Sie biss sich auf die Lippe und wandte sich abrupt ab. Ihre Kopfhaltung war ausgesprochen überheblich, und das galt besonders für die klassische Nase und das eigensinnige Kinn; aber trotzdem sah es so aus, als würden jeden Moment Wasserfälle aus ihren Augen schießen.

„Stimmt das?" Cam schnappte nach Luft. „Ihr lasst uns … fallen?"

„Sag's ihr!", rief Alex anklagend. „*Langweilen* wir euch etwa? Stehlen wir euch eure kostbare Zeit mit den *Schickeria*-Typen aus Hollywood? Und was ist mit Karsh?"

„Das würde er nie machen", sagte Cam unsicher, „uns aufgeben, meine ich. Alex – er war doch immer für uns da. Und wir

haben nichts getan, was ihn hätte verärgern können ... Oder etwa doch?", wandte sie sich nervös an Ileana.
„Natürlich nicht!", rief eine raue Stimme fröhlich. Die tief herabhängenden Zweige einer üppigen Konifere teilten sich und Karsh trat in den Kreis.
Vorsichtig stieg er über die Grenzsteine und kam näher.
Cam und Alex freuten sich, aber ihre Freude wurde von ihrem Staunen noch weit übertroffen: Karsh sah großartig aus!
Der alte Hexer hatte sich so prächtig eingekleidet, wie sie ihn noch nie gesehen hatten. Über dem vertrauten schwarzen Samtanzug mit Weste trug er einen dünnen Umhang, der aus Goldfäden gewebt und mit funkelnden Edelsteinen besetzt war. Der Umhang schimmerte im Mondlicht und bauschte sich wie Flügel hinter ihm. Das Medaillon, das ihn als erhabenen Hexer auszeichnete, hing an einem scharlachroten Band um seinen Hals, funkelnd und glänzend wie die Kriegsmedaille eines Veteranen. Aber am erstaunlichsten war Karshs Gesicht. Normalerweise trug er weißen Puder auf, der ihm ein gespensterartiges Aussehen verlieh, um seine uralte Haut zu schützen – und um aufmüpfigen kleinen Zauberlehrlingen Ehrfurcht einzuflößen. Doch jetzt war es ungepudert – braun gebrannt und warm. Selbst das spärliche weiße Haar schien ordentlich frisiert zu sein.
Erstaunt betrachteten Cam und Alex diesen eleganten „neuen" Karsh, und zutiefst verwirrt nahmen sie wahr, dass Ileana bei seinem Anblick auf die Knie gefallen war, die Hände vor das Gesicht schlug und tief schluchzte. „Oh nein – bitte nicht! Es ist noch nicht so weit!"
Und die Zwillinge staunten, dass Karsh nicht versuchte, Ileana zu trösten, sondern ihr nur die alte, faltige Hand auf den Kopf legte.

„Ihr habt also euren Bruder gefunden?“, fragte er die Zwillinge freundlich, aber ohne zu lächeln. „Ich bin sehr stolz auf euch. Und ihr sollt wissen, dass ich immer sehr stolz auf euch war. Ich bin an Dylan vorbeigekommen. Er schläft tief. Ich nahm mir die Freiheit, ein paar heilende Kräuter auf seine Wunden zu legen, übrigens keine sehr schweren Verletzungen.“

Cam warf Alex einen Blick zu. *Warum redet er so … so ernst …?*, fragte sie still. *So ernst …*

Alex hatte sich gerade dasselbe gefragt. „Wollt Ihr uns verlassen?“, entfuhr es ihr.

Karsh wich der Frage aus. „Ich wollte zu Ileana“, sagte er. „Euer Vormund hat bei einem Gerichtsverfahren vor kurzem sehr hart gearbeitet und das hat ihre Gesundheit angegriffen. Aber es ist nichts Ernstes.“

Der letzte Satz war eindeutig für Ileana bestimmt. „Tatsächlich braucht sie nur ein wenig Ruhe, vielleicht sollte sie ein wenig lesen … Ich habe da mehrere Bücher, die sie interessieren würden. Ileana“, wandte er sich an die schluchzende Hexe, „ich glaube, der Band *Vergebung oder Rache: Die Wiedergutmachung von Unrecht* würde dir ganz besonders gefallen.“ Er wandte sich wieder an die Zwillinge. „Es wird ihr bald wieder besser gehen. Und sie wird danach stärker sein als je zuvor.“

Der alte Hexer warf einen schnellen und misstrauischen Blick über die Schulter.

Auch Alex wurde aufmerksam. Der weise Mann hatte etwas gehört. Wenn sie sich sehr stark konzentrierte, konnte sie Schritte aus der Ferne hören. Vielleicht ein herumirrendes Reh auf der Suche nach Futter oder ein Feldhase, der durch das Gestrüpp hoppelte? Nein, das Geräusch klang doch eher, als käme es von einem größeren, unbeholfenen Lebewesen.

Cam mischte sich in Alex' Gedanken. *Oder eines von diesen ekligen Gespenstern, die überall ihre Finger ausstreckten, als wir hierher kamen …*
Ileana zuckte plötzlich zusammen und schüttelte sich. Sie blickte zu Karsh auf. „Was habt Ihr getan? Ich kenne es. Ich kann es riechen", sagte sie voller Angst.
„Merkst du es nicht, meine scharfsinnige … Hexe?", fragte er langsam, aber Ileana fiel ihm nicht wie sonst ins Wort, um zu verlangen, dass er sie „Göttin" nannte. „Deine Sinne … deine Empfindungen … bessern sich schon wieder."
Ileana stand abrupt auf. „Ich rieche nur eine Gefahr. Ich rieche nicht, wer sie bringt oder was sie bedeutet", klagte sie.
Alex begann zu schnuppern und Cam richtete ihre übernatürlich scharfen Augen auf das Dickicht, das die Lichtung umgab.
„Würg und kotz", murmelte Alex, während sie die Gerüche analysierte. „Billiges Rasierwasser. Ekliges Haaröl. Aufdringliches Deo. Reicht alles nicht, um den absolut ätzenden Körpergeruch zu überdecken."
„Billiges Rasierwasser? Habt ihr gehört?", fragte Ileana und riss die Augen auf. Sie packte Karsh am Kragen seines Anzugs und blickte ihm voller Angst in die Augen. „Das können doch nur … Was haben sie hier zu suchen? Wie haben sie uns gefunden?"
Karsh schüttelte den Kopf. „Das ist meine Schuld, fürchte ich", gestand er niedergeschlagen. „Sie müssen mich verfolgt haben …"
„Von wem redet ihr denn eigentlich?", wollte Alex wissen, lauschte aber gleichzeitig mit höchster Aufmerksamkeit auf die Geräusche im Wald. Wer auch immer dort herumschlich, stank so einzigartig, dass sie es wohl in ihrem ganzen Leben

nicht mehr vergessen würde. Es waren mehr als nur einer. Sie keuchten und schnauften wie eine Herde Ochsen, und obwohl sie nicht redeten, kamen ihre fiesen und irren Gedanken Alex irgendwie bekannt vor.

„Ich kenne sie", sagte Cam plötzlich. „Ich meine, ich hab sie schon mal gesehen. Alex – das sind Dick und Doof, die beiden Typen, die wir in der Bowlingbahn gesehen haben …"

„Stimmt!" Genau so klang es in Alex' Ohren: wie die beiden abscheulich irren Typen, die vor ein paar Wochen in der Bowlingbahn aufgetaucht waren, als Cam dort mit ihrer Clique kegelte. Einer war klein und dick, der andere ziemlich groß und mager. Sie hatten eindeutig hinter Cam und Alex hergeschnüffelt.

Plötzlich knackten Zweige und krachten Äste, und sie stürmten auf die Lichtung. Als sie die Zwillinge und Ileana und Karsh erblickten, blieben sie schlagartig stehen. Sie standen leicht nach vorn gebeugt und ihre viel zu langen Arme baumelten wie bei einem Gorilla. Ihre kleinen Schweinsaugen waren auf Ileana gerichtet. Und Ileana hatte Angst. Ileana – und Angst? Unmöglich, dachte Cam.

Alex warf Karsh einen Blick zu. Der alte Hexer starrte die Eindringlinge voller Abscheu und Verachtung an – mit so viel Verachtung, dass sie eigentlich hätten in den Boden versinken müssen. Noch nie hatte Alex einen solchen Ausdruck im Gesicht des sonst so freundlichen alten Mannes gesehen.

„Was habt ihr hier zu suchen?", fragte er, wobei er sich gar nicht erst bemühte, seine Verachtung zu verbergen.

„Dich bestimmt nicht", gab Vey zurück, der einem Gewichtheber ähnelte, dem ein besonders schweres Gewicht auf den Kopf gefallen war. Grob stieß er den alten Mann beiseite und stürzte sich auf Ileana.

Sein Bruder Tsuris schlang gleichzeitig die Arme um Cam und Alex und schleifte sie mit sich, während er von der anderen Seite auf die wie gelähmt dastehende Ileana zuging.
Tu doch etwas!, schrie Alex telepathisch Ileana an. *Verwandle sie in Würmer! In Salzsäulen! Schieß sie auf den Mars!*
Doch Ileana reagierte nicht. Es war, als hätte sie Alex' Rufe nicht gehört.
„Ich bin nicht schuld daran, dass euer Vater im Gefängnis sitzt", versuchte sie Vey zu erklären. Sie wirbelte herum, als Tsuris von hinten herankam. „Euer Vater Fredo hat gestanden, dass er ein grauenhaftes Verbrechen verübt hat! Er hat seinen eigenen Bruder ermordet! Deshalb wurde er eingesperrt!"
Das sind Fredos Söhne?, fragte Cam still ihre Schwester.
Bitte nicht!, stöhnte Alex. *Dann sind sie ja unsere … unsere Cousins!*
Plötzlich stürzten sich beide Brüder auf Ileana.
Karsh hob die Arme und im sanften Nachtwind blähte sich sein Umhang weit auf. Etwas sprühte von seinen Fingern wie ein silberner Sprühnebel und ging wie ein Farbregen auf Tsuris und Vey nieder.
Tsuris' Gesicht leuchtete plötzlich in allen Farben des Regenbogens. Er fiel auf die Knie, wobei seine Finger, die sich in Ileanas blaues Kleid verkrallt hatten, den Stoff bis zum Saum zerrissen.
Sein Bruder Vey hatte nicht so viel Farbe abbekommen. Er schüttelte benommen den Kopf und winzige Farbtröpfchen sprühten in alle Richtungen.
Ein großer Tropfen platschte auf Alex' Schulter. Die Flüssigkeit drang durch ihre wasserdichte Jacke und durch ihr T-Shirt bis auf die Haut. Ein angenehm warmes Gefühl brei-

tete sich aus. Doch Alex merkte, dass sie ihre Schulter nicht mehr bewegen konnte.
Es war ein absolut bizarres Gefühl. Sie wusste, dass sie nicht gelähmt war, jedenfalls nicht physisch gelähmt, und dennoch konnte sie – und wollte sie – ihre Schulter nicht bewegen. Und das taube Gefühl breitete sich weiter in ihrem Körper aus, erfasste ihren Arm, dann ihre Hand bis in die Fingerspitzen.
„Geh!“, hörten sie Karsh der zitternden Ileana zurufen, neben der Tsuris und Vey benommen hin und her taumelten. „Geh nach Hause. Jetzt! Und lies das Buch, Göttin! Lies es, wie ich dir gesagt habe! Geh jetzt! Lauf, schnell!“
Aber Ileana stand wie angewurzelt. Sie stand und starrte auf die wie mit Technicolor übergossenen Brüder hinunter, die sich vor und neben ihr auf dem Waldboden wanden.
„Komm, mach doch irgendwas!“, rief Cam ihrer Schwester zu. „Mit ihr stimmt was nicht! Ihre Kraft ist futsch. Sie kann sich nicht bewegen!“
„Was glaubst du wohl? Mir geht’s genauso.“ Alex versuchte verzweifelt, ihre Hand zu bewegen, ihren Arm anzuheben. Aber wenigstens funktionierten ihre Beine noch und sie rannte hinter Cam her zur Mitte des Steinkreises, wo Ileana vor Angst erstarrt dastand – oder war sie etwa auch von den Farbspritzern getroffen worden?
Cam streckte gerade die Hand nach Ileana aus, als sich eine heiße Klaue um ihr Fußgelenk schloss. Tsuris lag auf dem Boden und klammerte sich an ihr Bein. Sie versuchte, seine Klaue abzuschütteln, aber er ließ nicht locker.
„Lass mich los, du Ekel!“, schrie Alex im selben Augenblick. Cam sah, dass Vey hinter Alex stand und dass seine stämmigen Arme ihren Nacken umklammerten. Er presste seinen wutverzerrten Mund dicht an ihr Ohr und zischte: „Du bist

noch nicht dran. Erst unsere Cousine Ileana. Für dich überleg ich mir noch was ganz Besonderes."
Alex wandte ihr Gesicht ab; sein Atem stank so grauenhaft, dass ihr fast schlecht wurde. „Überlegen?", fauchte sie. „Wie willst du das anstellen, so ganz ohne Hirn?"
Der ekelhafte Parfümgeruch, die feuchten, schmatzenden Lippen und der penetrante Gestank ungewaschener Haare waren zu viel. Alex wirbelte mit aller Kraft herum und rammte ihm das Knie zwischen die Beine.
Veys Geheul ließ die Bäume erzittern. Er klappte wie ein Rasiermesser zusammen, die Hände auf den Unterleib gepresst. Dann fiel er zu Boden und sein Kopf klatschte in eine kleine Farbpfütze der Zauberbrühe.
„Volltreffer!", schrie Cam, die sich in Tsuris' Armen wand. Es war nicht ganz klar, ob sie Alex' Tritt oder die Farbe meinte.
„Hey!", brüllte Tsuris wütend, „das kannst du doch nicht machen!"
„Was sie machen kann, bestimme ich!", kam plötzlich Ileanas Stimme, laut, scharf, zornig. Und stark. Obwohl sie nur einen Schuh trug, stürzte sie sich auf Tsuris und trat mit dem spitzen Absatz gegen seinen Unterarm. Sie bewegte den Fuß hin und her, um die Spitze noch tiefer in seine ledrige Haut zu treiben. Tsuris heulte auf, seine Hand öffnete sich und gab Cams Bein frei.
Cam brachte sich blitzartig aus Tsuris' Reichweite. „Geh, Ileana!", schrie sie. „Geh! Tu, was Karsh sagt!"
Tsuris saß auf dem Boden und hielt seinen Arm, wie betäubt von Schmerzen. Alex kickte ihn in die Nierengegend und schüttelte die restlichen Farbspritzer von ihrer Jacke auf seinen Rücken. Tsuris erstarrte mitten in der Bewegung. Er versuchte sich umzudrehen, sich zu wehren, und merkte, dass

er nicht einmal mehr die Hand heben konnte. Sein mageres Gesicht erstarrte zu einer ungläubigen Eismaske.

„Nein", sagte Ileana, „ich kann jetzt nicht weg." Sie blickte zu Karsh hinüber. „Ich werde nicht gehen. Bitte, befehlt mir nicht, Euch jetzt allein zu lassen!"

Der alte Hexer trat neben sie und legte die Hand auf ihren Arm. „Meine kleine, dumme Göttin. Komm, ich begleite dich bis zur Straße."

„Karsh", flehte Ileana. „Mein Freund, mein Lehrer, mein wahrer Vater … bitte!" *Lasst mich wenigstens bei dem Jungen warten*, hörte Cam ihre Gedanken. Und Karsh hörte es auch. *Ich bleibe bei Dylan. Er wird furchtbar Angst haben, wenn er aufwacht, allein im Wald. Bitte, Karsh, schickt mich jetzt nicht weg!*

Alex warf Cam einen Blick zu, aber ihre Schwester hatte offenbar nur gehört, was Ileana laut gesagt hatte. Warum, fragte sich Alex verwundert, warum wollte Ileana nicht gehen – ausgerechnet sie, die es immer so eilig hatte, die immer behauptete, sie hätte noch wichtigere Dinge zu tun und müsse hier diesen und dort jenen VIP treffen … Warum weigerte sie sich zu verschwinden, obwohl doch klar war, dass ihr Leben in Gefahr war, wenn sie hier blieb?

„Komm", sagte Karsh fest, sodass kein Widerspruch mehr möglich war, und führte Ileana zum Waldweg, der zu der Lichtung führte, auf der Dylan lag und schlief.

„Und was sollen *wir* hier noch?", fragte Cam und betrachtete angeekelt ihre Cousins, die immer noch erstarrt auf dem Boden lagen.

„Vielleicht sollten wir erst mal Dave und Emily anrufen?", schlug Alex vor, obwohl sie keine Ahnung hatte, wie sie ihnen erklären sollten, dass ihr Sohn im Wald verletzt unter einem

Baum lag und schlief. Vielleicht sollten sie nur einfach sagen, dass Dylan in Sicherheit war. Das musste reichen.

„Wie geht's deiner Schulter?", fragte Cam.

„Hab sie nicht gefragt." Alex streckte sich. „Fühlt sich aber okay an. Das Zeug wirkt nicht sehr lange."

„Dann ist es ja gut", sagte Cam beruhigt. Im gleichen Moment hörten sie hinter sich ein Geräusch. „Oder vielleicht doch nicht so gut?"

„Kleine Programmänderung", quäkte Vey und hob den Kopf aus der Schmutzlache, in der er lag. Seine Schweinsäuglein funkelten bösartig. Schwerfällig rappelte er sich auf. „Gratuliere! Ihr steht jetzt auf meiner Liste ganz oben! VIP-Behandlung bei der Beförderung ins Jenseits!"

Auch Tsuris hatte sich aufgerichtet. Benommen und mürrisch starrte er um sich, aber je klarer sein Blick wurde, desto bösartiger wurde sein Gesichtsausdruck. Kaum stand er wieder auf seinen spindeldürren Beinen, als er auch schon drohend auf Alex zuging.

„Äh, wir sind eigentlich … Hexen", begann Alex und wich zurück. „Wollte dich nur warnen."

Tsuris brüllte vor Lachen und blieb stehen, um sich den Bauch zu halten. „Hexen!", röhrte er prustend.

„Ja klar, Mann, das sind Minihexen, weißt du doch!", grinste Vey spöttisch. „Ganz süße winzige Hexchen …"

„Ja, äh, aber meine Schwester kennt ein paar ganz … *heiße* Tricks", gab Alex zurück und ließ Tsuris nicht aus den Augen. Sie konnte Cam nicht sehen, die hinter ihr stand, aber sie hoffte, dass Cam verstanden hatte, was sie meinte. Trotzdem schickte sie ihr zur Sicherheit eine telepathische Aufforderung. *Mach schon! Zünd deine Superaugen an und fackel die beiden Würstchen ab!*

Zu spät, kam die Antwort. *Ich brauche mehr Zeit …*
Alex wirbelte entsetzt herum.
Vey hatte seine dicken Arme um Cam gelegt und sie gegen einen Baumstamm gedrängt. Cams Gesicht war gegen die bemooste Rinde gepresst; wenn sie ihren Feuerblick überhaupt einschalten konnte, würde sie höchstens den Baum abfackeln und einen Waldbrand auslösen. Vey hatte ihr den Arm auf den Rücken gedreht und hielt sie mit eisernem Griff fest, während er sich gleichzeitig nach einem Stein bückte. Ein mehr als faustgroßer Stein, mit dem sich genügend Schaden anrichten ließ, lag knapp außerhalb seiner Reichweite und er musste sich strecken, wenn er Cam nicht loslassen wollte.
Alex rannte los, um ihr zu helfen. Aber ein brennender Schmerz riss sie brutal zurück und im gleichen Moment meinte sie, sie würde skalpiert werden. Tsuris' Klauen hatten sich in ihren Haaren verkrallt. Sie schrie vor Schmerzen.
„Wohin denn so eilig, Hexchen?", murrte er wie ein verliebter Kater in ihr Ohr. „Vey kriegt den Stein auch alleine – du brauchst ihm nicht zu helfen, deine Schwester abzumurksen. Und hier liegen ja auch ein paar nette Steinchen für dich herum. Such dir einen aus, Schätzchen. Mit welchem soll ihr dir das blonde Köpfchen einschlagen, damit es schön rot und tot wird?"
Alex wand sich in seinem Griff. „Lass mich los, du Schwein!", schrie sie. Wenn sie nur telepathisch etwas bewegen könnte – einen Ast, einen Stein, irgendetwas –, um dieses Ekel zu betäuben! Doch sie hatte keine Zeit, sich auf einen Gegenstand zu konzentrieren, denn Tsuris stieß sie mit brutalen Stößen zu einem Baum, an dem Vey ihre Schwester festnagelte.
„Sollen wir's zusammen machen?", keifte Tsuris aufgeregt. „Ich zähl eins, zwei, drei, und bei drei klopfen wir den Wei-

bern auf den Kopf. Wer sein Hexchen zuerst erledigt hat, hat gewonnen, okay?“

Vey hatte endlich den Stein erreicht. „Okay. Aber schnell.“

Tsuris bückte sich nach einem Stein, wobei er Alex brutal mit sich herunterzog. Beide Steine gehörten zu dem Steinkreis, der auf diesem heiligen Ort ausgelegt worden war. Tsuris machte ein großes Geschäft daraus. Sorgfältig hob er einen Stein auf, wog ihn in der Hand, entschied sich dagegen und wählten einen anderen. Dabei murmelte er vor sich hin, welcher Stein für eine Hexe wohl am besten geeignet wäre.

Alex konnte sich nicht bewegen, weil Tsuris sie immer noch im Schwitzkasten hatte, aber aus den Augenwinkeln sah sie eine Bewegung am Waldrand – sie konnte Karsh nicht erkennen, aber sie nahm das Glimmern der Goldfäden und Edelsteine seines Umhangs wahr.

Fast gleichzeitig sah sie, dass beide Bestien jetzt Steine in den Händen hielten und ausholten. Tausend Gedanken gingen ihr in diesem Bruchteil einer Sekunde durch den Kopf. Karsh war noch weit genug entfernt, er war nicht in Gefahr, dachte sie erleichtert. Wie seltsam – warum sorgte sie sich um Karsh, da sie und Cam doch selbst in höchster Gefahr schwebten?

Doch plötzlich stand Karsh neben ihnen – mit einer Kraft, die kein Mann seines Alters je haben konnte, sprengte er die Griffe der Brüder und riss sie von den Zwillingen weg. Cam und Alex kamen frei.

„Ihr werdet sie nicht anrühren!“, donnerte er.

Fredos Söhne zögerten keine Sekunde. Wie auf Kommando wandten sie sich gegen Karsh. Der alte Hexer stand zwischen ihnen und den wie erstarrt dastehenden Mädchen. Die beiden Ungeheuer holten weit aus und schleuderten ihre Steine auf Karsh.

Alex schrie auf, als Karsh, von einem Stein am Kopf getroffen, zu Boden stürzte. Cam stützte sich gegen den Baumstamm; ihre Knie drohten nachzugeben. Sie sahen Karsh blutüberströmt zusammenbrechen. Sein prächtiger goldener Umhang blähte sich auf und sank über sein Gesicht herab und bedeckte es. Wie ein Leichentuch, dachte Cam, bevor ihr schwarz vor den Augen wurde.

Kapitel 19

DAS UNDENKBARE GESCHIEHT

Als Cam die Augen wieder aufschlug, knieten Tsuris und Vey bei Karsh und untersuchten den am Boden liegenden Hexer. Glühend heiße Wut stieg in Cam hoch.

Alex schloss die Augen, um ihre wild durcheinander wirbelnden Gedanken zu beruhigen, die um all die Höllenqualen kreisten, die sie diesen beiden Bestien antun wollte. Sie entschied sich für einen abgebrochenen starken Ast, der hinter ihnen lag.

„Anzünden!“, befahl sie Cam knapp und machte sich nicht die Mühe, leise oder telepathisch zu reden.

„Schon dabei“, gab Cam gepresst zurück. Wie immer, wenn sie in Gefahr waren, waren auch die Gedanken der Zwillinge im Einklang. Aus dem trockenen Ast hinter Vey und Tsuris schossen Flammen.

Noch nie war es Alex so leicht gefallen, nur durch ihre Gedanken einen Gegenstand hochzuheben und durch die Luft fliegen zu lassen. Der brennende Ast raste wie ein Geschoss heran, fiel wie ein Knüppel über Fredos Söhne her und prügelte abwechselnd auf sie ein.

Eine Schocksekunde – dann spürte Vey die sengende Hitze. „Hey!“, brüllte er entsetzt und wirbelte herum, um zu sehen, wer ihn angriff. Und bevor er noch begriffen hatte, was vor sich ging, zuckten schon Flammen aus seinem engen T-Shirt und der Knüppel attackierte seine Hose.

Tsuris bekam den Knüppel noch heftiger zu spüren. Der Ast hatte ihm einen gewaltigen Schlag auf den Kopf versetzt und sein blond gefärbtes Haar in Flammen gesteckt.

Es muss sich so ähnlich anfühlen wie bei mir, als er mich an den Haaren herumgezerrt hat, dachte Alex befriedigt.

Nein – es war viel schlimmer: Tsuris Haar brannte lichterloh. Er schrie, als würde er bei lebendigem Leib gebraten. Was ja nicht unbedingt übertrieben war.

In diesem Augenblick erschien Ileana hinkend auf der Lichtung. Zuerst sah sie nur die beiden lichterloh brennenden Angreifer, die schreiend und wild um sich schlagend versuchten, ihre Kleider und Haare zu löschen. Sie stürzten wie wild an ihr vorbei zur Bucht hinunter.

Dann fielen Ileanas graue Augen auf Karsh, der auf dem Boden lag. Ihr Blick wurde dunkel wie die Nacht. Alle Farbe wich aus ihrem Gesicht.

Cam und Alex ergriffen ihre Hände, um sie zu trösten und sich selbst zu beruhigen, aber sie stieß sie weg. Ohne die Augen von Karsh abzuwenden, streifte sie den einen Schuh vom Fuß und lief barfuß auf ihn zu, ohne auf die scharfen Steine und Zweige und Föhrennadeln zu achten. Sie fiel neben ihm auf die Knie.

Der alte Hexenmeister atmete schwer. Jeder Atemzug klang durch die stille Lichtung – in der sich plötzlich unendlich viele Wesen zu versammeln schienen – unzählige Geister.

Cam konnte sie sehen. Staunend blickte sie um sich, sah die unbestimmt dahinfließenden Gestalten, die sich zwischen Bäumen und Ästen und Blättern hindurchwanden und dicht über Karsh hinwegschwebten, dann wiederum wie voller Schmerzen zurückzuckten, hochwirbelten und in der runden Lichtung einen eigenen Kreis durchsichtiger Leiber bildeten. Und Alex hörte sie. Hörte ihr wehmütiges Seufzen, ihr Heulen, hörte ihre Rufe. Unter den Stimmen klang eine heraus – die Stimme, die sie angefleht hatte, ihn nicht in die Gefahr zu führen –, und erst jetzt wurde ihr bewusst, dass nicht Dylan, sondern Karsh gemeint gewesen war. *Abigail Antayus,* rief eine andere Stimme den geisterhaften Namen, *er gehört zu deinem Clan.*

Ileana kniete neben Karsh. Sie bettete seinen Kopf in ihren Schoß und wischte ihm zärtlich Staub und Schmutz von seiner Stirn.

„Göttin", raunte Karsh mühsam und versuchte zu lächeln.

„Nein", flüsterte Ileana, „spart Eure Kraft auf ..."

Er schloss die Augen. „Das ist nicht mehr nötig. Liebes Kind, hör mir genau zu."

Alex fühlte sich wie betäubt von Verzweiflung und Traurigkeit, doch sie versuchte sich dennoch auf Karshs Worte zu konzentrieren.

„Dass Thantos dich verweigerte, ist ... viel komplizierter, als du weißt ...", begann Karsh mühsam. „Es gibt einen Fluch, Ileana. Aber auch eine Hoffnung. Deine Zukunft und die der Mädchen hängen davon ab ..."

Cam schob ihre Hand in Alex' Hand. „Ich will auch hören, was er sagt", flüsterte sie. „Komm, wir gehen näher."

„Ja, kommt", sagte Ileana, ohne sich umzuwenden. „Kommt schnell."

Sie gingen zu Karsh und Ileana hinüber, in die Mitte des Steinkreises. Das Mondlicht fiel direkt auf Karshs einst so Ehrfurcht einflößendes und ernstes Gesicht, das jetzt so blass

war, so blass. Sie knieten neben ihm nieder, gegenüber Ileana, und warteten auf das, was er ihnen zu sagen hatte.
Ohne dass es ihnen bewusst wurde, hatten sich Alex' und Cams Hände schmerzhaft ineinander verklammert. Tränenlos und geschockt starrten sie auf sein friedliches Gesicht.
Mit dem letzten Atemzug, der ihm verblieben war, flüsterte Karsh: „Es steht geschrieben, Kinder. Alles steht geschrieben."

Kapitel 20

DIE RÜCKKEHR

Ileana kehrte bei Tagesanbruch in ihr Cottage zurück. Karshs alte Freundin Lady Rhianna hatte sie gedrängt, nach Hause zu gehen und sich auszuruhen.

Rhianna war schon unter gewöhnlichen Umständen eine beeindruckende Hexe; jetzt, in dieser ungewöhnlich schlimmen Zeit, wuchs sie über sich hinaus – selbstsicher, mächtig, Ehrfurcht einflößend herrschte sie über die verstörte Gemeinschaft der Hexen und Hexer. Sie hatte entschieden, dass sie sich gemeinsam mit dem Ältestenrat der Insel Coventry um Karsh kümmern würde. Nicht um Karsh, verbesserte sich Ileana im Stillen, sondern um seine Leiche. Denn Karsh war tot.

Boris, Ileanas roter Kater, saß auf der Schwelle vor ihrem Haus. Er rieb sich am zerschlissenen Saum ihres blauen Kleides und blickte sie traurig und vorwurfsvoll an. Alle Tiere der Insel wirkten verloren – als hätten sie die Nachricht von Karshs Tod längst gehört, bevor die Trauerprozession eingetroffen war.

Und es war ein großer Trauerzug gewesen. Ileana, still und einsam, wurde von einer tragisch und feierlich daherschreitenden Lady Rhianna geleitet, die wie in dunkle Wut gekleidet schien. Niemand hatte Rhianna benachrichtigen müssen, dass ihr geliebter Freund tot war – sie hatte es instinktiv gewusst. Zu Ileanas Linken schritt Lord Grivveniss – auch er hatte den leeren Wind verspürt, der Karshs Ableben verkündet hatte. Ihnen folgten sechs junge, starke Träger, zwei Hexen und vier Hexer, denen Karsh Lehrer, Führer und väterlicher Ratgeber gewesen war. Sie trugen die Bahre, auf der Karsh lag, in seinen goldenen Umhang gehüllt.

Kaum hatte der Trauerzug die Insel erreicht, versammelte sich eine große Menschenmenge. Viele hatten an der Anlegestelle auf seine Ankunft gewartet. Langsam zog die Prozession vorbei an den trauernden Inselbewohnern bis zur Großen Ratshalle. Und dort hatte Lady Rhianna Ileana befohlen, nach Hause zu gehen und sich auszuruhen – während die Ältesten ihren uralten Pflichten nachkamen.

Doch nun stand Ileana vor ihrer eigenen Tür und wagte nicht einzutreten. Ihre Wohnung war von Karshs Mördern überfallen und zerstört worden; es genügte, dass sie die Hand auf den Türknauf legte, und schon schien sich ihr Magen umzudrehen, schon krallten sich Wut und Hass wie eiserne Hände um ihr Herz – und ein unstillbares, übermächtiges Verlangen nach Rache packte sie. Sie knirschte mit den Zähnen, um die Rachegelüste niederzukämpfen. Denn Karsh hatte sie gelehrt, dass solche Gefühle alle Kraft und Macht aus ihr saugen würden.

Ileana wandte sich ab. Begleitet von einem jämmerlich miauenden Boris, ging sie barfuß den ausgetretenen Pfad entlang, der von ihrem Haus zu Karshs Cottage führte.

Er war noch immer da. Der würzig-erdige Geruch, den er immer verströmt hatte, hing in den Räumen des kleinen Hauses und sein starker Geist war überall zu spüren. Ileana ließ sich Zeit, ließ alles in sich hineinsinken, betrachtete jeden Gegenstand mit hungrigen Augen, berührte ihn mit sehnsuchtsvollen Händen: den Teekessel auf dem Herd, den Abdruck, den sein Körper im Laufe eines langen, langen Lebens im schweren Ledersessel vor dem offenen Kamin zurückgelassen hatte.

Sie roch den starken Duft der Kräuter, die zum Trocknen an den Dachbalken aufgehängt waren. Sie fühlte die Kühle der Marmorplatte auf der Anrichte, auf der er Tinkturen und Öle und Salben gemischt hatte, sah die Samen und Blütenblätter, die unzähligen Steine und Kerzen, mit denen er geholfen, gezaubert und geheilt hatte.

Sie ließ die Hand über die schweren Lederbände gleiten, die im Bücherschrank standen, spürte die rissigen Lederrücken unzähliger dicker Folianten – bis es sie blitzartig von ihren Fingerspitzen und ihren Augen direkt in ihr Herz traf, als ihre Finger über den Buchrücken fuhren, auf dem in halb verblassten goldenen Buchstaben geschrieben stand: *Vergebung oder Rache.*

Sie zitterte am ganzen Körper. Vorsichtig zog sie das Buch aus dem Regal und trug es zu Karshs Lehnstuhl. Kaum hatte sie sich gesetzt, als sie auch schon von Erschöpfung und Müdigkeit überwältigt wurde. Bilder, Erinnerungen, Stimmen, Gefühle, Trauer überschwemmten sie wie riesige Wogen mit solcher Kraft und Plötzlichkeit, dass sie glaubte, vor Trauer verrückt zu werden. Wie Miranda damals.

Sie verstand nicht, warum sie jetzt plötzlich an Brice denken musste. So viel hatte sich ereignet, hatte sie in tiefste Trauer gestürzt. Warum tauchte jetzt dieses gut aussehende Gesicht vor ihren Augen auf, diese Augen, die sie um Vergebung baten? War es, weil sie in diesem Moment Karshs heisere

Stimme zu hören glaubte, als stünde er neben ihr: *Du brauchst Liebe, meine kleine dickköpfige Göttin. Und dieser Mann liebt dich.*

Nein, sagte sich Ileana, sagte sie zu Karshs Stimme, die sie sich nur eingebildet hatte, *nein, diesem Mann habe ich einmal vertraut, ich habe ihn geliebt. Und er hat mich verraten.*

Sie schüttelte den Kopf, entsetzt über ihre eigene Selbstsucht, und versuchte diese schändlichen Gedanken loszuwerden. Sie schien wirklich verrückt zu werden! Miranda war verrückt geworden. Miranda, die Frau, die sie damals so bewundert hatte, die auf Coventry fast so etwas wie eine Prinzessin gewesen war.

Wo war Miranda jetzt? Ileana fiel plötzlich auf, dass sie Miranda am Morgen nicht unter den Trauergästen gesehen hatte. Und fast im selben Moment packte sie maßlose Angst um die Mutter der Zwillinge. Miranda war geschwächt, entwurzelt, ohne Zuhause – würde sie durch die furchtbare Nachricht von Karshs Tod einen Rückfall erleiden? Zurück in den Wahnsinn?

Doch so schnell Ileana sich gefürchtet hatte, so schnell war die Angst auch wieder verschwunden. Thantos war ebenfalls nicht beim Trauerzug gesehen worden. Vielleicht waren Miranda und Thantos zusammen – „trösteten" sich gegenseitig in Crailmore, diesem grauenhaft hässlichen Schloss, das über das Meer aufragte.

Es war Thantos' Festung. Und es war Ileanas Geburtshaus. Es war die steinerne Zitadelle, in der ihre Mutter Beatrice gestorben war.

Es ist komplizierter, als du weißt, hatte Karsh ihr noch im letzten Atemzug zu erklären versucht.

Ileana schloss die Augen und gab sich ganz der Erinnerung an seine letzten Worte hin. *Dass Thantos dich verweigerte, ist … viel komplizierter, als du weißt …. Es gibt einen Fluch, Ileana. Aber auch eine Hoffnung. Deine Zukunft und die der Mädchen hängen davon ab …*

Das große Buch in ihrem Schoß schien ihr zu dick und zu schwer; sie konnte sich nicht überwinden, es zu öffnen. Denn sie wusste längst, was sie darin finden würde: die Antwort auf Karshs rätselhafte Worte. Er hatte alles aufgeschrieben. Er hatte gewusst, dass er sterben würde, und er hatte seine letzten kostbaren Tage voller Sorge um sie und die Zwillinge verbracht.

Ileana hatte keinerlei Zweifel, dass Karsh gewusst hatte, dass er sterben würde – er hatte das Todesgewand selbst angelegt. Den golddurchwirkten Umhang. Das Medaillon, das er während seiner langen Zeit als Vorsitzender des Einheitsrates von Coventry getragen hatte, bis Rhianna seine Nachfolgerin geworden war. Sie sah seine wunderbaren Gesichtszüge vor sich, von Weisheit und Alter gegerbt, auf denen Gedankentiefe und Edelmut tief eingeprägt waren. Ja, Karsh hatte es gewusst.

Aber wäre er auch gestorben, wenn er ihr nicht gefolgt wäre? War sein Tod unvermeidbar geworden, waren Zeit und Ort vorherbestimmt gewesen? Wenn er nur auf Coventry in Sicherheit geblieben wäre … Doch das war undenkbar.

Es war undenkbar, sich vorzustellen, dass Karsh die Zwillinge unter der Obhut einer kraft- und machtlosen Hexe zurückgelassen hätte, selbst wenn sie ihr Vormund und ihre Beschützerin war. Es war unmöglich sich vorzustellen, dass er ihnen nicht zu Hilfe geeilt wäre, ob es nun seinen Tod bedeutete oder nicht. Denn auch das gehörte zur Tiefe und Aufrichtigkeit seiner Persönlichkeit; das war seine Seele.

Wer würde jetzt die Zwillinge beschützen? Ihre Mutter? Eine Frau, die weniger über ihre Töchter wusste als deren Schulfreundinnen? Die alles, was sie wusste, nur aus Thantos' selbstsüchtigen Erzählungen kannte? Eine Hexe, deren magische Kräfte zusammen mit ihrem einst so starken und klaren Verstand zu Nichts zerfallen waren?
Aber war sie selbst, Ileana, der Aufgabe überhaupt noch gewachsen? Sie, die geschworen hatte, ihnen zu helfen und sie zu schützen? Die jetzt all ihre magischen Kräfte verloren hatte und machtlos war, wohl auch deshalb, weil sie nie auf Karshs Ermahnungen gehört hatte, der sie immer vor ihren Fehlern gewarnt hatte – ihrem Selbstmitleid, ihrer Eifersucht, ihrer Rachsucht …?
Wie sollte sie unter diesen Umständen noch ihre Aufgabe als Beschützerin der Zwillinge wahrnehmen? Musste sie nicht erst all ihre Charakterfehler überwinden, die ihr als grässliches Erbe von ihrem Vater Thantos DuBaer in die Wiege gelegt worden waren?
Zu viele Fragen. Und keine Antworten. Ileanas Augen fielen zu. Und als sie in einen tiefen Schlaf fiel, ruhten ihre Hände auf dem Buch, das ihr wahres Erbe enthielt – die Wahrheit, die ihr Lord Karsh Antayus vermacht hatte.

Kapitel 21

DIE BESCHÜTZER

Die Polizei von Marble Bay brachte Dylan, Alex und Cam nach Hause. Für Dave und Emily, die sofort informiert worden waren, dass man ihren vermissten Sohn gefunden hatte, war es eine Erlösung, als der Streifenwagen in die Auffahrt einbog. Emily wäre beinahe ohnmächtig geworden, aber Daves Jubelruf – „Es geht ihm gut! Den Mädchen auch – alle sind in Sicherheit!“ – verhinderte in letzter Sekunde, dass sie das Bewusstsein verlor.

Emily erstickte auf ihren Sohn fast mit Umarmungen und Küssen, schimpfte ihn aus, weil er weggelaufen war, strich ihm das Haar aus der Stirn, untersuchte die Kratzspuren in seinem Gesicht und schob ihn schließlich ins Haus – und das alles unter vielen Tränen der Freude und Erleichterung.

Dave umarmte die Zwillinge und unterhielt sich dann noch kurz mit den Polizisten, die die drei nach Hause gebracht hatten. Sie erzählten ihm, dass sie von Camryn einen Telefonanruf bekommen und Daves Kinder genau an der Stelle vorgefunden hätten, die ihnen Camryn durchgegeben hatte – am Straßenrand neben einem Wald in der Nähe von Salem.

Dylans Heimkehr wurde sofort mit einer umfassenden Beichte verbunden, an der Cam und Alex nicht teilnehmen wollten. Allerdings wurden sie auch gar nicht dazu eingeladen. Sie fingen nur einzelne Bruchstücke auf, als Dylan sein Geständnis ablegte – aber sie hörten genug, um zu merken, dass Dylan genau wusste, wie er seinen Eltern diese Sache klar machen musste: Er redete lang und breit über seine absolut gute Absicht, diesen Verbrecher überführen zu wollen. Schließlich musste man ihn doch daran hindern, weitere Mädchen in die Falle zu locken, nicht wahr? Erst dann gab er zerknirscht zu, dass er einen miserablen Plan miserabel ausgeführt hatte. Und dann kam noch das ebenso miserable Ende der Geschichte. Schuldbewusst gab er zu, dass er nicht auf eigene Faust hätte handeln dürfen.

„Du wolltest gefühlsmäßig vielleicht das Richtige, aber du hättest wenigstens nachdenken müssen, bevor du dich auf so etwas einlässt!“, rief Dave vorwurfsvoll. „Wie kommst du nur auf die Idee, allein einen Verbrecher fangen zu wollen?“ Dave bemühte sich zwar heftig, seine Gefühle unter Kontrolle zu halten, aber es war klar, dass er trotz allem auf seinen Sohn sehr stolz war. „Wir finden es ja, hm, bewundernswert, dass du versucht hast, diesen Mann … aber …“

„Du hättest dabei ums Leben kommen können!“, entsetzte sich Emily nachträglich.

Dylan saß die ganze Zeit wie ein Häufchen Elend zwischen seinen Eltern auf dem Sofa, aber trotz der Standpauke war klar, dass alle unendlich erleichtert waren. Auch Cam und Alex waren erleichtert, vor allem auch deshalb, weil Dave und Emily abgelenkt waren und sich kaum mit den Zwillingen beschäftigten. Und das war ihnen nur recht.

Müde und benommen schlichen Cam und Alex nach oben. Auf ihren Gesichtern lag Verwirrung. Noch standen sie unter Schock, aber bald würden sie von tiefer Trauer überwältigt

werden. Keine von beiden hatte die Kraft zu reden oder den Willen zu denken.
Cam ging schnurstracks unter die Dusche und stellte sie auf heiß. Sie schrubbte sich so heftig, dass ihre Haut schließlich mit roten Flecken übersät war. Der Schmutz von der Baumrinde, gegen die Cousin Vey sie gepresst hatte, ging leicht ab, ebenso die Walderde an ihren Armen. Dieser Schmutz war nur oberflächlich. So lächerlich und irrational es sein mochte: Cam wollte alles abschrubben, was tief darunter lag – all die Ereignisse des vergangenen Jahres.
Sie wollte die Zeit zurückdrehen. Auf den Rückspulknopf drücken. Und dann das ganze entsetzliche Drama, zu dem ihr Leben geworden war, mit neuen Aufnahmen überspielen. Sie wollte einfach nur noch Daves und Emilys Tochter sein, Dylans große Schwester, Freundin und Vertraute im Sechserpack, die Superschülerin in der Klasse, der Magnet, der alle Jungs anzog, der Star im Frauenfußball. Das war schließlich nicht zu viel verlangt und mehr wollte sie auch gar nicht.
Und um wieder so leben zu dürfen wie früher, dachte Cam, würde sie alles andere liebend gern zurückgeben: die Fremde namens Miranda, die ständig gereizte Hexe Ileana – und sogar Alex, wenn es sein musste. Und ihn natürlich auch – den sanften alten Mann. Der immer alles verstanden hatte, auch wenn niemand sonst dazu in der Lage gewesen war. Es fiel ihr schwer, seinen Namen auch nur zu denken – sie wusste, wenn sie versuchte, sich Karsh vorzustellen, würde sie vor Trauer zusammenbrechen. Es würde bedeuten, dass sie sich selbst eingestand, was sie erst jetzt richtig wusste: Ein Herz voller Schmerz – das war nicht nur ein kitschiger Reim für einen schmalzigen Song. Dieser pulsierende Muskel in ihrem Körper konnte wirklich schmerzen. Sie spürte es.

Cam drehte die Dusche ab und trat auf die dicke weiche Badematte. Sie schüttelte das Wasser aus dem Haar – und im selben Augenblick gellte ein Schrei durch ihren Kopf, heftig, wütend, schrill: *Nein, nein, nein!*
Das alles war doch nicht wirklich passiert? Es war ein Traum! So etwas konnte Karsh doch nicht passieren.
Und es konnte ihr nicht passieren. *Ihr* doch nicht!
Ihre eigenen Gedanken reichten schon aus, um ihr plötzlich eine völlig irrationale Angst einzujagen. Ein irres Lachen entfuhr ihr. Sie zog das Handtuch hoch und presste ihr Gesicht hinein, um dieses entsetzliche, unkontrollierbare und verrückte Lachen zu ersticken.
Vielleicht war das alles gar nicht passiert, dachte sie verwirrt. Vielleicht war das alles – schon von dem Tag, an dem sie Alex begegnet war – ein riesiger, langer, absurder, vollkommen verrückter Albtraum?
Vielleicht hatte sie sich nur eingebildet, damals auf dem Riesenrad in einer der halb verrosteten Gondeln ein Mädchen gesehen zu haben, das ihr wahnsinnig ähnlich sah? Vielleicht war sie auch wirklich eingestiegen, aber die Gondel hatte sich gelöst und war abgestürzt? Klar, so konnte es sein! Dann läge sie jetzt nämlich im Koma und hätte das alles sozusagen im Koma geträumt.
Erstaunlich, aber wahr!, würden die Schlagzeilen in der Regenbogenpresse lauten. *Koma-Mädchen wieder aufgewacht!*
Cam schlüpfte in ihren flauschigen Bademantel, schnürte ihn fest zu und ließ sich mit dem Rücken gegen die Badewanne auf den dicken Teppich sinken, das Gesicht gegen die hochgezogenen Knie gepresst.
Nebenan hatte sich Alex in fast gleicher Haltung in Cams Fensternische zusammengerollt. Mirandas Decke, die Cam

mit ihren Kleidern auf den Boden geworfen hatte, lag um ihre Schultern. Alex Kopfhaut brannte wie Feuer; noch immer spürte sie Tsuris' grausamen, krallenartigen Griff. Und in ihren Augen brannten ungeweinte Tränen.

Sie hatte versucht sich zu verschließen, alles abzublocken, nichts zu fühlen. Denn ihr war klar: Wenn sie die Gefühle erst einmal zuließ, würde sie von ihnen überwältigt, wie von einer Woge überrollt. In einem einzigen Jahr hatte Alex viel verloren: zuerst ihre Pflegemutter Sara, dann – obwohl sie ihn verabscheut hatte – auch den entsetzlichen Ersatzvater Ike.

Und jetzt auch noch Karsh.

Ileana war zwar noch am Leben, aber die kam mit sich allein ja noch nicht mal klar. Miranda: dasselbe. Von den beiden Frauen konnte sie keine Hilfe mehr erwarten.

Verloren hatte Alex auch ihr früheres Leben. Das war zwar sehr viel härter gewesen, aber auch einfacher und sicherer.

Aber sooft Alex auch daran dachte, zu ihrem früheren Leben zurückzukehren, wurde ihr doch immer klarer, dass das unmöglich war. Sie hatte sich verändert, war eine andere Alex geworden. Nie mehr würde sie so unschuldig, so naiv und so dumm sein wie früher.

Aber war sie nicht erst in der vergangenen Nacht wieder einmal sehr dumm gewesen? Schließlich hatte sie doch die Stimme klar und deutlich gehört, diese altertümliche Stimme, die ihr zugerufen hatte: *Um seinetwillen: Wenn ihr ihn liebt, dann geht von hinnen!*

Sie hatte diese Worte gehört, aber sie hatte nicht verstanden, wer damit gemeint gewesen war. Sie hatte die Warnung weggewischt – und deshalb hatte Karsh sterben müssen.

Jemand kam die Treppe herauf. Alex war zu erschöpft, um noch rechtzeitig zur Tür stürzen und sie verriegeln zu können. Es spielte eh keine Rolle. Mit der Person, die gleich eintreten würde, hatte sie keine Probleme.

„Alex?“, rief eine Stimme leise vor der Tür. Dann steckte Dylan den Kopf herein.

„Hallo“, gab Alex müde und gleichgültig zurück.

Dylan drängte sich neben sie auf die Fenstersitzbank und sie rückte ein wenig widerwillig beiseite. Aber sie umarmte ihn und er ließ den Kopf gegen ihre Schulter sinken.

Eine Weile schwiegen beide.

Schließlich begann Dylan: „In dem Moment hab ich eben geglaubt, dass es …“

„… eine gute Idee war?“, vollendete Alex. Sie starrte über seinen Kopf hinweg zum Fenster hinaus. „Dann muss ich dir leider sagen, Dylan, dass es eine megablöde Idee war. Mit Abstand die blödste in der Geschichte der Menschheit.“

„Ich glaub“, nickte er düster, „ich hätte mich nie allein darauf einlassen dürfen …“

„So, *glaubst* du das?“, fragte Alex sarkastisch.

„Klar, du sagst es ja selber: Ich bin ein Idiot.“

„Stimmt, du bist ein Idiot. Aber wenigstens bist du *unser* Idiot. Der Hausidiot in dieser Klapsmühle der Familie Barnes.“ Alex fuhr ihm mit der Hand durchs Haar. „Schon eine Leistung, so was wie dich zum Bruder zu haben!

Ich … Hör mal, ich glaub, der Oberaufseher der Klapsmühle kommt die Treppe rauf. Besser, du seilst dich ab.“

Alex hatte sich nicht getäuscht. Dylan stürzte ins Badezimmer, wo Cam erschreckt hochfuhr, und von dort in sein eigenes Zimmer. Eine Nanosekunde später klopfte es an der Tür.

„Darf ich reinkommen?“, fragte Dave leise.

„Mi casa es su casa“, gab Alex zurück.

„Wie geht’s dir? Alles in Ordnung?“ Dave blickte sie aufmerksam an. Offenbar suchte er in ihrem Gesicht nach Verletzungen.

„Ich …“, begann Alex und beinahe hätte sie gesagt, „werd's überleben“, aber sie schluckte die Bemerkung hinunter. Schnell blickte sie zum Fenster hinaus, damit Dave die Tränen nicht sah, die ihr in die Augen schossen.

„Ist Cam im Bad?“, fragte er und nickte zur offenen Badezimmertür – von wo absolut gar nichts zu hören war.

Alex nickte. Kurze Zeit herrschte Schweigen.

„Daddy“, sagte Cam leise. Sie kam in ihrem Bademantel herein, lief auf Dave zu und verbarg ihr Gesicht an seiner Brust. Er legte seine Arme wie ein großer beschützender Bär um sie und strich ihr beruhigend über den Rücken, wie er es immer getan hatte, als sie noch ganz klein gewesen war. Und damit brach der letzte Rest des Damms, hinter dem sich Cams Gefühle aufgestaut hatten.

„Er ist tot!“, schluchzte sie. „Daddy – Karsh ist … wurde getötet!“ Sie hob den Kopf und blickte ihn an. „Karsh – weißt du, der … Mann, der mich zu dir gebracht hat …“

Dave schluckte heftig. Zwar hatte er gemerkt, dass die Mädchen zutiefst verstört waren, aber nach allem, was ihm die Polizisten und Dylan gerade erzählt hatten, hatte er angenommen, dass es mit der mutigen Rettungsaktion zu tun hatte. Dave war jetzt hier heraufgekommen, um ihnen zu erzählen, dass man dank Cams Anruf bei der Polizei jetzt auch den perversen Typ festgenommen habe. Der Mann würde wohl für lange Zeit hinter Gittern sitzen. Dave wollte den Mädchen danken und sie beglückwünschen. Auf die Idee, dass sie Trost brauchen könnten, war er gar nicht gekommen.

Karsh – tot? Dave hatte Karsh nur ein einziges Mal gesehen. Ein seltsamer, aber milder und freundlicher Mann, der ihm

das Baby Camryn anvertraut hatte. Dave wunderte sich flüchtig, warum Cam davon wusste. Aber er verdrängte den Gedanken sofort wieder. Heute war so viel geschehen – und jetzt auch noch die Trauer über Karshs Tod …
Noch immer strich er Cam beruhigend über den Rücken. „Ach, mein Mädchen, das ist das erste Mal, dass du dem Tod begegnest. Es tut mir so Leid." Er streckte den Arm nach Alex aus. Und zu seiner Überraschung ließ sie es zu, dass er auch sie an sich zog.

Erst viel später – nach vielen Telefonanrufen von Daves und Emilys Freunden, von Cams Sechserpack und Alex' Kumpeln, von der Zeitung, die ein Interview mit Dylan machen wollte (was Dave ablehnte) – kamen Cam und Alex endlich dazu, miteinander zu reden.
„Es ist unsere Schuld, Cam." Alex ließ sich aufs Bett fallen, auf dem Mirandas Decke lag. „Oder besser: *meine* Schuld." Sie war wie am Boden zerstört. Sie hätte auf die Geisterstimme hören sollen, warf sie sich selbst vor, sie hätte Cam davon erzählen sollen … Vielleicht wäre Karsh dann noch am Leben.
Doch Cam nahm ihr das nicht ab. Selbstvorwürfe änderten nichts mehr, meinte sie. „Alex, wir wissen doch gar nicht, was sich wirklich abgespielt hat und warum. Und schließlich haben wir Karsh nicht umgebracht, das waren diese … Cousins. Ich weiß es, ganz tief drinnen: Wir sind nicht schuld. Ich glaube, seine … seine Zeit war einfach gekommen. Er wusste es. Ileana wusste es. Und wir hätten es wahrscheinlich auch gewusst, wenn wir auf Coventry aufgewachsen wären. Wir hätten dann nämlich gesehen, dass dieser goldene Umhang sein … sein *Totenumhang* war."

Lange Zeit herrschte Stille. Beide Mädchen dachten an Karsh.
„Karsh war unser Beschützer, Alex", fuhr Cam nach einer Weile fort. „Er hat sich um uns gekümmert, als wir klein waren. Ein wunderbarer, freundlicher Mann, der zudem noch ein unglaublich mächtiger Hexer war. So, wie wir Karsh kannten, hätte er sich das Ende genau so gewünscht: dass er uns bis zum letzten Atemzug beschützte. Uns und Ileana."
Alex' Tränen fielen auf Mirandas Decke.
Cam zog die Knie bis zur Brust hoch, schaukelte sich sanft auf ihrem Bett hin und her. Wieder herrschte Schweigen. Dann flüsterte sie: „Alex? Ich raste schier aus vor Angst. Thantos – und jetzt auch noch diese widerlichen Cousins – sind gegen uns. Und sie sind noch lange nicht fertig mit uns. Jetzt erst recht nicht. Ich hab Angst, Alex, furchtbare Angst. Wir haben keine Beschützer mehr. Ich weiß, ich bin egoistisch, aber wer beschützt mich jetzt vor ihnen?"
Alex hob Mirandas Decke hoch und wischte sich die Tränen ab. Sie atmete tief den Duft der Kräuter ein. Und mit einer trotzigen Kopfbewegung sagte sie fest: „Ich."
„Ich – was?", fragte Cam verblüfft.
„Ich werde dich beschützen. Und du mich."
„Können wir das denn?", fragte Cam unsicher und runzelte die Stirn. „Ich meine, uns selbst schützen?"
„Hast du einen besseren Vorschlag?", fragte Alex zurück. „Dylan vielleicht?" Sie grinste und spürte plötzlich neue Selbstsicherheit, spürte neue Kraft und Energie. Mit einem Satz sprang sie aus ihrem Bett und ließ sich auf Cams Bett fallen, sodass ihre Schwester fast umkippte.
„Hör mir zu, Schwesterhexe", rief sie, von neuem Mut erfüllt. „Auf Coventry Island hockt unser glamouröser Vormund, unsere im Moment ziemlich nutzlose Göttin Ileana. Und dort

kauert auch ein Häufchen Elend, das ist unsere … hm, Mutter. Völlig durcheinander. Von der ist auch nicht viel zu erwarten. Und überall um uns herum lauern Bösewichte, junge und alte Hexer, mit ziemlich verschiedenen Kräften. Wahrscheinlich haben wir viele von ihnen noch gar nicht kennen gelernt. Jedenfalls sind sie alle hinter uns her." Sie grinste und zuckte mit den Schultern, dann fügte sie plötzlich ernst hinzu: „Denk daran, was Karsh gesagt hat: Es gibt irgendeinen Fluch."

„Einen Fluch und eine Hoffnung", erinnerte sich Cam. „Ileanas und unser Schicksal hängen damit zusammen."

Alex nickte. „Und ob es dir oder mir nun gefällt oder nicht: Von jetzt an müssen wir damit allein fertig werden. Wir sind auf uns selbst angewiesen."

Cam beugte sich vor, sodass ihre Stirn an Alex' Stirn lag. Und da durchfloss sie plötzlich ein warme Woge der Zuneigung. Welch großes Glück, dass sie Alex hatte. Voller Zuversicht und Entschlossenheit sagte sie: „Und wir sind bereit. Bis zum Letzten. Du für mich. Ich für dich."

Ende des sechsten Teils

Wenn du mehr über Alex und Cam, die Zwillingsschwestern, und ihre magischen Kräfte erfahren willst, lies in den Büchern:

Band 1 Die Entdeckung der Kraft
Band 2 Warnung aus der anderen Welt
Band 3 Rufe aus der Nacht
Band 4 Schatten der Vergangenheit
Band 5 Im Kreis der Geheimnisse